KB075172

행복을 나르는 천사의 빵

행복을 나르는

천사의 빵

우사미 후사코 지음 | 이정훈 옮김

전나무숲

카나가와 현 남서부에 있는 카마쿠라 시.
매년 국내외에서 1900만 명의 관광객들이 찾아오는 이 곳은
동일본을 대표하는 옛 도읍으로
역사 깊은 사찰들이 모여 있기로 유명하다.
그리고 시가지 근접한 곳에 모래사장이 있어 여름이 되면
해수욕을 즐기는 사람들로 북적거린다.
관광객들로 붐비는 시가지를 벗어나 산 위로 가면 조용한 주택가가 나온다.
그 길을 걷다 보면 가장 안쪽에 작은 빵집이 하나 있다.
빵집이라고는 하지만 간판도 진열장도 없고,
빵집에서 무엇보다 중요한 빵도 진열되어 있지 않다.
작은 가정용 오븐과 그 오븐으로 구운 심플한 빵이 있을 뿐이다.
하지만 전국 각지에서 그 빵을 사기 위한 주문이 끊이질 않는다.
예약된 주문이 1만여 건이나 되고,
주문한 사람이 빵을 받기까지 9년이나 걸린다.
이 집의 빵이 사람들에게 이토록 인기 있는 이유는 무엇일까?
사람들이 그토록 오랜 시간 이 집의 빵을 기다리는 이유는 무엇일까?

빵을 굽고 있는 사람은 타이라 미즈키, 전직 경륜 선수다.
그가 만드는 빵은 어느새 '천사의 빵'이라 불리며
사람들에게 행복과 살아갈 용기를 전하고 있다.

차 례

4장 _ 새로운 삶

5장 _ 우리의 앞날

1장

천사의 빵

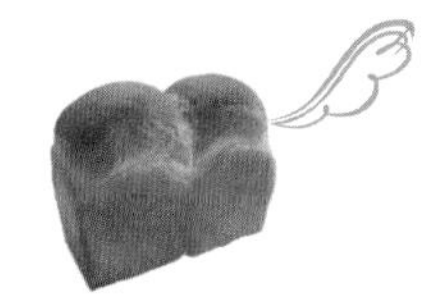

3시간에 빵 하나 만들기

동일본 여객철도 요코스카 선을 타고 키타카마쿠라 역에 도착해 1~2분 정도 걷다 보면 엔카쿠지라는 절이 눈에 들어온다. 이 절은 카마쿠라 시를 대표하는 선사(선종의 사원)로, 나쓰메 소세키가 자신의 참선 체험을 쓴 소설《몽[門]》의 배경이기도 하다. 그 까닭인지 주말이면 좌선회와 일요강좌에 참석하는 사람들로 붐빈다.

그 뒷산의 꼭대기, 푸르른 자연에 둘러싸인 주택가 가장 안쪽에 우리의 보금자리 겸 공방이 있다. 흰색과 푸른색으로 지어진 서양식 집. 전선줄 하나 없이 탁 트인 집 앞에는 아름다운 숲이 펼쳐져 있다. 그 덕에 2층에서 내려다 보이는 경치가 좋아서 커튼을 달지 않고 창틀을 액자 삼아 풍경화를 감상하듯 경치를 즐기고 있다.

동남쪽을 향해 부채꼴 모양으로 위치한 집은 아침이면 햇살이 정면으로 들어온다. 눈부신 햇살이 쏟아지는 감동적인 순간엔 나도 모르게 상쾌한 기분이 들고 절로 힘이 솟는다.

집 주위는 온통 숲으로 둘러싸여 있다. 밤이 되면 깜깜한 어둠이 하늘에서 내려온다. 그리고 어둠과 함께, 빛이 있을 때는 보이지 않던 별들이 내려온다. 따뜻한 계절에는 2층 베란다에 매트를 깔고 누워 별을 본다. 그러고 있으면 어릴 적 생각이 절로 난다.

초등학교 때 나는 돗자리와 따뜻한 음료가 든 보온병, 손전등과 천체도감을 들고 천체망원경을 가진 친구와 함께 집 앞 학교에서 별자리를 관찰하곤 했다. 도감을 읽고 별자리 위치와 신화를 익히다가 '이 별은 아주 오랜 옛날에 발한 빛이 길고 긴 시간을 거쳐 이제야 지구에 온 거겠지? 어쩌면 별은 벌써 소멸했을지 몰라'라고 생각하면서 마냥 신기해했었다.

지금은 그와 함께 별을 보며 산다. 언젠가 내가 "초등학교 때는 학교 교정에 돗자리를 깔고 별을 봤는데, 지금은 집 베란다에서 자기랑 같이 이렇게 별을 보고 있네!"라고 말하자 그가 "토성의 띠까지 보이는 천체망원경이 있으면 좋겠어. 우주는 어디까지 펼쳐져 있을까?"라고 대답하고는 천진난만하게 웃었던 적이 있다.

타이라 미즈키. 네 살 연하인 나의 남편. 2008년 7월까지 경륜 선수였던 사람. 지금은 우리 집 1층에 마련된 공방에서 빵을 굽는 사람. 그는 내가 사랑하는 사람이다, 나를 사랑하는 사람이다.

빵 공방이라고는 하지만 보통 빵집과는 많이 다르다. 가게도 없이, 일반 가정집 주방보다 조금 큰 공간에 가정용 오븐과 작업대만 있을 뿐이다. 그런 작은 공방에서 남편은 혼자 빵을 굽는다. 이른 아침, 해가 뜨기 전부터 준비하고 반죽해 하나하나 빵을 굽는다.

2005년 8월, 경륜 선수였던 남편은 경기 중에 자전거에서 떨어지는 사고로 뇌와 경수에 큰 부상을 입었다. 의사로부터 내려진 신단은 '중심성 경수 손상'. 목 부분의 척수가 손상된 것으로 사지마비를 일으키기도 하는, 경륜뿐만 아니라 경마와 럭비 · 미식축구 · 격투기 · 체조 같은 운동을 하다가 당할 수 있는 큰 부상 중 하나다.

사고 직후에는 전신이 마비되어 '평생 누워서 지내야 할지도 모른다'는 말을 들었을 정도로 상태가 심각했다. 하지만 담당의사들의 헌신적인 치료와 그의 재활 의지 덕에 다행히도 상태는 크게 호전되었다.

하지만 사고후유증은 지금도 남편을 괴롭히고 있다. 그의 왼쪽 다리에는 마비 증상이 남아 있어서 단 몇 미터를 걷는 것도 계단을 오르내리는 것도 힘에 부쳐 한다. 물론 오랫동안 서 있는 것도 마음대로 되지 않는다.

한 가지 더 큰 장애는 '고차뇌기능장애'다. 이는 전전두엽의 기능에 문제가 생기면서 발생한 '고차적 기능의 뇌기능장애'인데, 그 영향으로 말이 나오지 않거나 기억이 나지 않을 때도 있고, 갑자기 심한 두통이 밀려올 때도 있다. 감정 조절이 되지 않아 소리를 지르기도 하고, 장마철이나 태풍이 오기 전날에는 어김없이 머리를 움켜쥐고 주저앉을 만큼 두통이 심하다. 현기증과 구토가 나서 하루 종일 침대에 누워 있는 일도 자주 있다. 그럴 때 나는 아로마 오일을 피우고 남편의 몸을 마사지해준다. 내가 가장 괴로울 때는 이것조차도 못할 때다. 몸에 손을 대기만 해도 아파할 때는 그냥 옆에서 지켜볼 수밖에 없다. 괴로워하고 있는 남편에게 아무것도 해줄 수 없다는 사실이 너무 견디기 힘들다.

남편은 그렇게 사고후유증과 싸우면서도 웃는 얼굴로 빵을 굽는다. 그가 주로 굽는 빵은 식빵, 팥빵, 호두빵, 보리빵 등 베이킹에서 기본이 되는 것들이다. 손님의 예약 주문에 맞춰 순서대로 빵을 굽는다. 하지만 3시간에 단 하나, 하루 종일 열심히 구워도 네다섯 개밖에 구울 수 없다.

오븐에서 빵이 구워지면 밀 향기가 집 안을 가득 채운다. 한 번에 한 개씩 손으로 반죽해서 천천히 정성을 다해 구운 빵은 갓 태

어난 아기와도 같다. 겉은 파이처럼 바싹하면서 안은 촉촉하고 결이 부드러워 한 입 베어 물면 자연의 단맛이 입 안 가득 퍼진다.

남편이 만든 빵은 재료의 좋은 맛이 그대로 살아 있다. 그리고 무엇보다 따뜻하고 부드럽다. 재료의 맛이 잘 살아 있으며, 어느 한 가지 맛만 특별히 강하지 않고 서로 잘 어우러진 그런 맛이다. 빵에는 그의 따뜻한 마음이 그대로 담겨 있다.

처음에는 나를 위해 빵을 굽기 시작했는데, 집에 놀러온 친구나 지인들에게 대접하다 보니 "나도 좀 구워줘!", "나도!" 하며 남편이 구운 빵을 좋아하는 팬이 생기게 되었다. 그러던 것이 조금씩 양이 늘어 지금은 전국 각지에서 많은 주문을 받고 있다.

남편이 가정용 오븐으로 하나씩 굽다 보니 주문한 사람이 빵을 받기까지 걸리는 시간도 점점 늘어나고 있다. 처음에는 주문하고 한 달이면 받을 수 있었는데 3개월에서 6개월까지 예약이 밀리고, 1년도 모자라 2년을 넘기고, 예약이 4000건을 넘어서면서는 3년 이상을 기다려야 빵을 받을 수 있었다. 그리고 지금은 예약 건수가 1만 건을 훨씬 넘어 9년을 기다려야 빵을 받을 수 있는 상황까지 왔다.

남편의 하루

특별히 계획한 일도 아닌데 어느 순간 남편의 하루는 빵으로 시작해 빵으로 끝나고 있었다.

빵 만드는 일은 전날 밤 둘이서 샘물을 기르러 가는 일에서 시작된다. 빵 맛을 좌우하는 반죽용 물이다. 이 물은 공방 근처에 있는 롯코쿠켄 산의 숲에서 솟아나는 가즈사보리 우물의 명수(明水)다.

2월이 되면 공방 앞에는 카와즈자쿠라라는 벚꽃이 피기 시작하고 밭에서는 매화꽃 향기가 피어난다. 제일 먼저 봄이 온 것을 알려주는 것이 벚꽃과 휘파람새들이다. 휘파람새들은 봄이 되면 일제히 울기 시작한다. 그 울음소리에 잠이 깰 정도다. 숲이 울창해 휘파람새를 비롯해 솔개, 부엉이, 북방쇄박새, 자고새 등 야생조

류들이 서식하고 있다. 산꼭대기에는 카마쿠라 시의 상징인 야마자쿠라(벚꽃의 한 종류)의 명소가 있는데 봄이 되면 벚꽃 잎이 나풀나풀 춤을 추며 떨어진다. 그런 숲에 내린 비가 오랜 시간을 거쳐 샘물이 되고, 그 샘물로 남편은 빵 반죽을 하는 것이다.

식빵 하나를 만드는 데 필요한 물은 245밀리리터로, 우리는 매일 밤 빈 페트병을 가방에 가득히 넣고 샘물을 뜨러 간다.

물의 온도는 빵의 발효와 직결되기 때문에 계절에 따라 조절하되 그 날의 기온과 습도를 계산해 적절하게 맞춰야 한다. 예를 들어 여름에 실내온도가 30도인 경우에는 반죽이 처지기 때문에 반죽용 물의 온도는 30도에 맞춘다. 반대로 겨울에는 발효가 잘 안 되므로 55도 정도로 물을 데워서 사용한다. 1년 중 빵 만들기에 가장 적절한 계절은 봄이다. "실내온도가 23~24도, 습도가 60~65퍼센트, 반죽용 물의 온도가 40도일 때 가장 맛있는 빵이 돼." 남편은 그렇게 말한다.

물은 빵 맛에도 영향을 미친다. 경수(센물)가 빵 만들기에 적절할 것 같지만 남편이 만드는 빵에는 부드러운 연수(단물)가 적합하다. 연수는 글루텐을 잘 생기게 하는 역할을 한다. 우리가 길어오는 샘물은 부드러운 맛의 연수다. 공기를 많이 포함하고 있어서 물을 병에 담으면 마치 탄산수처럼 페트병에 기포가 많이 생기고, 마시면 단맛이 약간 난다. 물을 뜰 때마다 남편은 말한다.

"이 물이 내 빵에는 잘 맞아."

이 샘물은 우리 집에서는 빵 만들 때 외에도 커피나 녹차를 타거나 된장국과 수프를 만들 때, 밥을 지을 때 등 요리에도 사용한다. 수돗물에 비해서 밥에 단맛과 윤기를 더해줘 식사가 즐겁다.

빵을 만드는 데 필요한 밀가루, 쌀가루, 우유, 버터, 초콜릿, 드라이푸르츠 등은 모두 '화학 성분 무첨가' 제품을 사용하고 있다. 몸에 좋은 재료를 찾는 일은 나의 몫이다. 오가닉 관련 박람회에서 사회를 보고 있기 때문에 안전하고 맛있는 재료, 빵 만들기에 적합하고 몸에 좋은 재료가 어디 없을까 하고 늘 신경을 쓰면서 다닌다. 현이나 도쿄에서 개최되는 식품 박람회에도 자주 간다.

시간이 맞으면 둘이서 몇 주간 홋카이도 목장을 돌고 우유나 버터 공장을 견학하고 야마나시나 나가노의 과수원으로 발길을 옮겨보기도 한다. 오키나와 미야코지마의 설염(눈소금) 공장과 이라부지마의 허브 농장을 보러 간 적도 있다.

빵을 만들 때는 소금의 역할도 중요하다. 만약 빵에 소금이 들어가지 않는다면 어떻게 될까? 반죽이 달라붙어 쭈그러들고 예쁜 색이 나지 않을 것이다. 미야코지마의 설염은 미네랄 함유량이 세계 1위라고 한다. 공장 견학을 가면 소금이 어떻게 만들어지는지 그 작업 과정을 알 수 있어서 좋은 공부가 된다. 미야코지마 주변 해역은 미네랄 성분이 풍부하다. 그 해수를 퍼올려서 세 배 진한 소금물로 농축시킨 뒤에 뜨거운 철판 위에 뿌리면 수분이 날아가면서 파우더 상태의 소금이 된다. 끓이지 않기 때문에 짠맛이 강하고 쓴맛이 없는 소금이 된다. 이 설염을 반죽에 사용하면 빵 맛이 훨씬 좋아진다.

남편의 하루는 이를 때는 새벽 3시 반부터 시작된다. 일어나면 제일 먼저 에어컨을 켜고 방 안의 온도와 습도를 빵 만들기에 적정한 상태로 조절한다. 에어컨은 공방의 제빵실에만 설치되어 있다. 온도가 맞지 않으면 빵 반죽에 넣는 효모의 발효가 잘 안 돼 맛있는 빵을 구울 수 없으므로 세심한 온도 관리가 필요하다.

그다음은 좋아하는 음악을 켠다. 태교를 하듯 빵 반죽에도 좋은 음악을 들려주면 맛있는 빵이 된다는 것이 남편의 '신념' 이다. 바흐 · 모차르트와 같은 클래식 음악에서 엔야 · 리베라 등의 힐링 음악, 칼림바 같은 민속 악기로 연주한 음악 등을 들려준다. 가끔은 FM 라디오를 켜두지만, 기본적으로 그 때 기분에 따라 음악을 선택한다.

남편은 주변 환경도 중요하게 생각한다.

'좋은 빵을 만들 수 있는 환경은 사람이 살기에도 좋은 환경이다.'

이것도 남편의 '신념' 이다. 다행히도 공방 밖에는 작은 정원이

Poubelle
USTENSILES
de CUISINE

있고 거기에는 둘이서 심은 귤, 비파, 으름나무, 단감나무와 좋은 향기를 내뿜는 금목서와 은목서, 민트 · 라벤더 · 세이지 · 타임 등의 허브가 함께 어우러져 있다. 창문을 열면 새들이 지저귀는 소리와 계절을 느낄 수 있는 바람이 들어온다.

모든 조건이 갖춰지면 남편은 놀랄 만큼 정성스럽게 반죽을 만지고 진심으로 반죽을 대한다.

빵 하나를 만들기 위해서는 여러 공정을 거쳐야 한다. 계량, 혼합, 반죽, 핑거테스트, 1차 발효, 분할, 둥글게 만들기, 반죽을 휴시시키는 중간발효… 이 과정이 끝나면 다시 둥글게 만들어 틀에 넣고 2차 발효를 시킨다. 그리고 나서 오븐에 넣어 빵을 굽는다. 이 모든 과정마다 남편은 정성을 들인다.

우선, 제빵점에서는 기계로 하는 반죽을 남편은 손으로 직접 한다. 나무판 위에 재료를 섞어 갠 반죽을 올리고 양손을 번갈아 움직이면서 반죽한다. 손바닥 아래쪽에 체중을 실어가면서 리듬에 맞춰 반죽을 한다. 5분 정도 그렇게 반죽을 하면 처음엔 나무판에 들러붙기만 하던 반죽이 매끈하고 둥글어진다.

다음은 둥글어진 반죽을 양손으로 감싸 빙글빙글 돌리면서 바깥쪽을 안쪽으로 접어가며 반죽을 한다. 반죽을 둥글게 뭉치거나 내리칠 때도 그는 반죽을 소중히 다룬다. 부드럽게 살짝, 반죽에 스트레스를 주지 않기 위해 정성을 다한다.

"반죽에 스트레스를 주면 맛있는 빵을 만들 수 없어. 사람과 같아서 너무 억눌리거나 간섭받는 것도 싫을 거야. 그러니 딱 알맞을 만큼만 만지고 반죽을 해야 돼."

남편은 그렇게 말하면서 반죽들을 바라보고 웃는다.

"음, 오늘도 반죽이 기뻐하고 있군."

그의 손은 부드러운 빵을 닮았다. 사람들은 그의 손을 보고 감탄한다.

"와, 어쩜 이렇게 손이 부드러우세요?"

그의 손이 빵처럼 부드러워서 만지고 있으면 잠이 올 때가 있다.

그가 지나가면 빵과 케이크의 달콤한 향기가 난다.

"음~ 맛있는 냄새, 갑자기 배가 고파지네요."

빵을 가지러 오는 분이나 택배기사님이 웃는 얼굴로 말을 걸어온다.

남편이 빵 만들기 공정에 들어가기 전에 나는 주문한 사람에 대해 가능한 한 자세히 전한다.

우리에게 빵을 주문하는 분들은 대부분 사연을 가지고 있다. 병에 걸려 입원하고 계신 분, 태어나면서부터 다리가 불편하신 분,

SWEET
VANILLA
TIME

단 것을 매우 좋아하는 시각장애인, 곧 엄마가 될 임산부, 지적장애아를 둔 엄마, 권태기를 극복하고 서로를 아껴주던 옛날 그 마음을 다시 찾고 싶은 부부 등.

내가 빵을 주문한 사람들의 사연을 모두 전하면 남편은 그 사람들을 생각하면서 빵을 만들어간다.

빵 만들기의 마지막 공정인 빵을 구울 때 남편은 한시도 오븐 곁을 떠나지 않고 오븐 안의 상태를 가만히 지켜본다. 계속 오븐 앞에 앉아 있기 때문에 조심하지 않으면 탈수 증상을 일으킬 수 있다. 한번은 내가 2층에 있다가 공방으로 내려갔더니 얼굴이 벌겋게 달아오른 남편이 오븐 앞에 앉아서는 기운 없이 휘청거리고 있었다. 그 후로는 공방의 냉장고에 스포츠 드링크를 몇 병씩 넣어둔다.

공방에 있는 오븐은 가정용 가스 오븐이다. 업소용 오븐이라면 한 번에 많은 빵을 구울 수 있지만 가정용 오븐은 그러질 못한다. 하지만 남편은 부족함을 느끼지 않는다. 손으로는 한 번에 한 개 분량의 반죽밖에 할 수 없다. 손 반죽을 고집하기 때문에 가정용 오븐으로 충분하다.

공방에서는 빵과 함께 케이크, 쿠키, 잼 등도 만든다. 나도 남

HOME
MADE
COOKIES
手づくりクッキー

편을 도와 열심히 손으로 만들고 있다.

롤케이크는 먼저 시트를 만들어 거품기로 휘핑한 생크림과 리큐르나 후르츠를 넣어서 말아준다. 롤케이크가 완성되는 데는 대충 한 시간 반이 걸린다.

'나무 케이크'로도 불리는 바움쿠헨은 한 겹 한 겹 굽는다. 보통 막대에 말아서 만드는 바움쿠헨과는 다르게 나무틀에 한 겹씩 반죽을 발라서 굽는 공정을 반복해서 열 겹으로 만든다. 자리를 뜨지 않고 완성될 때까지 두 시간 반 정도 걸린다.

잼은 둥근 동 냄비에 완숙된 과일을 넣어서 삶는다. 위로 뜨는 거품을 정성스럽게 걷어가면서 불 조절에 주의를 기울여 한 시간 정도 졸이면 완성된다. 둥근 동 냄비를 사용하는 것은 열전도가 뛰어나고 각이 져 있지 않기 때문이다. 냄비 구석구석까지 나무주걱이 닿아 균일하게 졸여지면 색이 선명한 잼이 만들어진다.

케이크도 한 번에 한 개 분량만 만든다. 쿠키나 잼은 많이 만들어도 3인분만 만든다. 한 번에 많은 양을 만들려고 하면 맛있게 만들 수 없다.

맛있는 것을 만들기 위한 적당한 크기와 분량을 지키는 것, 이 또한 남편의 '신념'이다.

은혜 갚은 학

"빵을 만들 때는 문 열지 마."

남편은 빵이나 케이크를 만들기 시작하면 나를 공방에서 내보내고 문을 꼭 닫고 작업을 한다. 온통 빵을 만드는 데만 집중을 해서 식사하는 것도 잊어버린 채 공방에서 몇 시간씩 나오지 않는다. 그래서 하루 한 끼만 먹는 일도 허다하다.

그럴 때 남편은 꼭 전래동화 〈은혜 갚은 학〉에 나오는 학 같다.

동화는 한 가난한 남자가 상처 입은 학을 보살펴주는 것에서 시작된다. 상처가 다 아물자 학은 날아갔고, 그 뒤 한 여자가 남자의 집 앞에 나타났다. 그는 그녀와 사랑에 빠져 결혼했다. 살아가는 데 돈이 필요했기 때문에 부인은 고운 비단을 짜 시장에 내다 팔기

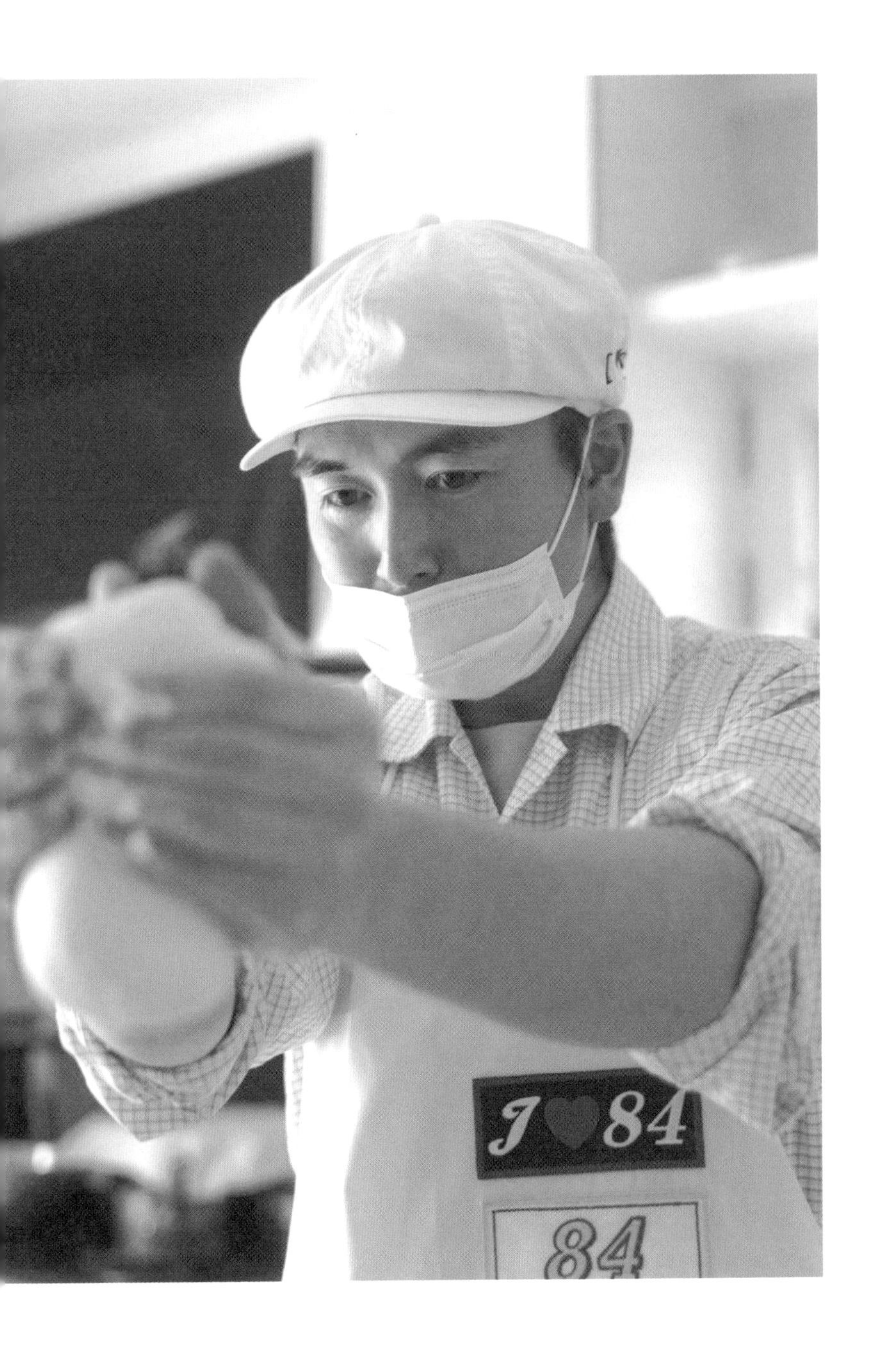
J♥84
84

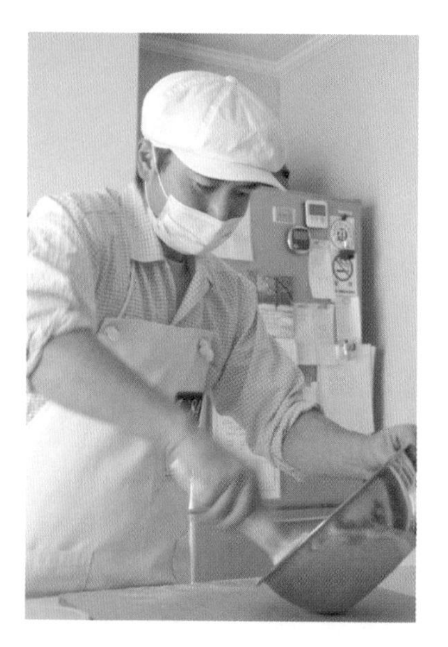

J 84
84

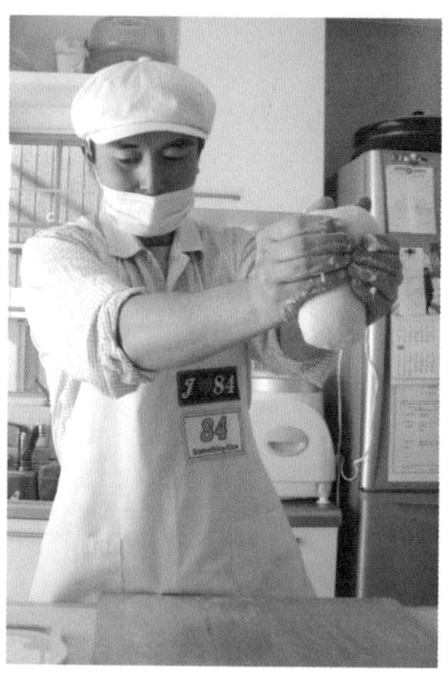
J 84
84

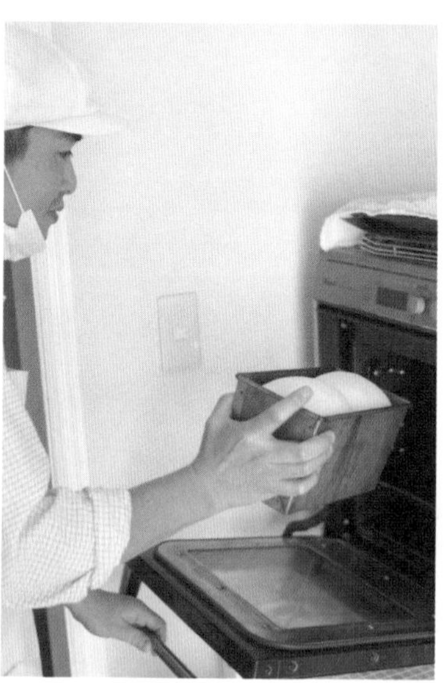

시작했다. 그런데 부인은 자신이 비단 짜는 광경을 절대 보아서는 안 된다며 문을 꼭 닫고 비단을 짰다. 그들은 비단을 팔아 편안한 삶을 누리게 되었지만, 사내는 부인에게 점점 더 많은 옷을 짜도록 요구했다. 부인의 몸은 점점 허약해졌고, 그에 비례해 사내의 탐욕은 커져갔다.

남자는 어느날 그녀가 비단을 어떻게 짜기에 그렇게 고운 비단이 나오는지 보고 싶어 그녀가 있는 방을 엿보게 되었다. 그런데 학 한 마리가 베틀 앞에 앉아서는 자기 몸에서 하얀 깃털을 뽑아 비단을 짜고 있는 것이 아닌가. 학은 그를 보자 짜던 비단을 내던지고 날아가 다시 돌아오지 않았다.

남편도 모든 작업이 끝나고 빵이 구워지면 그제야 공방에서 나오며 말한다.

"됐습니다. 포장해주세요."

"등에 있는 날개라도 뽑아서 만들었나?"

내가 장난을 치며 등을 만지려고 하면 불퉁 화를 낸다.

"하지 마! 거기만은 만지지 마."

맛있는 빵의 기준은 화이트 라인이다. 화이트 라인은 구워서 빵이 세로 방향으로 부풀었을 때 생기는 하얀 선이다. 이 라인이 선명하고 높이가 생긴 것은 빵의 결이 잘 정리되어 있고 발효도 확실하게 되어 맛있게 구워진 빵이라는 증거다.

남편이 구운 빵을 예쁘게 포장해서 주문한 분에게 보내는 것은 나의 몫이다. 갓 구워진 빵은 식기 전에는 봉지에 넣을 수 없어 실온에서 식을 때까지 기다린다.

기다리는 동안 나는 빵을 받을 분들에게 보낼 편지를 쓴다. 빵을 대하는 남편의 마음을 알기에 포장을 하고 편지를 쓰는 나도 정성을 다하게 된다. 빵 상자를 받고 깜짝 놀라며 기뻐하는 사람들의 모습을 상상하면서 포장한다. 그리고 빵을 보내고 나면 빵이 도착하기만을 기다리는 손님께 도착 일시를 알려드린다.

'3년 전에 주문하신 천사의 빵을 이제야 보내드립니다. 한시라도 빨리 알려드리고 싶은 마음에 미리 연락을 드립니다.'

한 사람 한 사람 이메일로 알려드리는 경우가 대부분이지만 간혹 이메일 주소가 변경되었거나 스팸메일로 분류되는 경우도 있다. 그럴 때는 직접 전화를 드린다. 전화도 없는 분에게는 빵이 도착하기 며칠 전에 편지를 보낸다. 그렇게 해도 아주 드물게는 주문자가 이사를 가 반송되는 경우가 있다. 그럴 때는 유감스럽지만, 둘이서 커피와 함께 맛있게 먹는다.

최고만을 고집하는 천사의 빵

남편은 엄선된 최상의 재료, 최대한 몸에 좋은 재료를 선택해 빵을 만든다. 좋은 재료를 보면 그 재료가 가지고 있는 맛을 최상으로 살리고 싶어한다. 그리고 한 번에 한 사람 분량만 만드는 것은 '그 사람만을 생각하면서 마음을 담아 정성껏 만들 때 가장 맛있는 빵이 된다'라는 강한 믿음이 있기 때문이다.

효율성이나 이익을 생각하면 한 번 구울 때 한 개만 만드는 것은 매우 어리석은 일이다. 돈 버는 일로만 생각한다면 당연히 수지타산이 맞지 않는다. 하지만 남편과 내가 효율성이나 이익 이상으로 '사람과 사람의 관계', '정성을 담는 일', '살아 있는 것에 대한 감사'를 소중하게 여기기에 '한 번에 한 개'가 가능한 것이다.

"정성을 담아 마음을 전하는 것, 그것이 내가 하고 싶은 일이야."

남편은 항상 그렇게 말한다. 나 또한 같은 생각을 하고 있다.

현대사회에서는 먹을거리의 대부분이 대량 생산되고 있다. 먹지 않고 폐기처분되는 음식도 많다. '먹는 음식'이라고 하기보다는 공업 제품에 가까운 감각으로 음식이 만들어지고 버려지는 것이 현실이다. 하지만 남편은 생각이 다르다.

"음식(빵) 덕분에 지금의 내가 있는 거야. 이제는 내가 만든 빵으로 다른 사람들이 힘을 얻고 건강해졌으면 좋겠어."

그런 남편을 보고 있으면 나까지 절로 힘이 난다. 하지만 가끔은 현실적인 고민이 마음을 짓누른다.

'이대로 괜찮을까? 앞으로 어떻게 살아야 하지?'

생활과 장래에 대한 불안이 머릿속에서 맴돌아 한숨 못 자고 아침을 맞이하는 날도 허다하다.

그런 나와는 달리 남편은 아침부터 싱글벙글이다. 빵을 만들고 콧노래를 부르며 정원에 물을 주고 있다. 그런 남편을 보고 있으면 밤잠 설치며 고민한 나 자신이 후회되면서 조금 전까지 머릿속에 가득 찼던 부정적인 생각과 불안이 순식간에 사라진다. 남편의 표정이 '현재에 충실하자, 지금 이 순간을 맘껏 즐기자!' 그렇게 말을 걸어오면 어깨에 있던 짐이 어느새 사라지고 '그래! 지금 이 순간을 맘껏 즐기자'라는 생각을 하게 된다. 내친 김에 남편을 따라 정원을 손질하고 바닥과 주방을 반짝반짝 윤이 날 정도로 닦고 환풍기 청소까지 하고 나면 기분이 상쾌해지고 마음이 가벼워진다.

사람들은 '온몸으로 땀 흘려 열심히 일할 때 모든 잡념이 잊혀지고 기분전환이 잘된다'고 하는데, 남편에게 빵 만드는 일이 그런 작업 중 하나다. 여기에 모든 이들에게 기쁨을 주고 싶다는 순수한 마음까지 있기에 정성을 다해 빵을 만들 수 있는 것이다.

먹는 사람을 생각해서 마음을 담아 빵을 만들어야 한다고 생각하면 몸에 좋은 재료를 사용해서 맛있게 만들고 싶어진다. 그래서 대량 생산을 하지 않고 주문을 받아 하나씩 순서대로 만드는 것이다.

사실 한꺼번에 여러 개를 만들려는 시도를 해보지 않은 것은 아니다. 효율성도 효율성이지만 기다리는 사람들을 생각하면 하루에 서너 개는 너무 적다. 그래서 남편에게 이런 제안을 해보았다.

"주문 날짜에 다 못 맞추니까 한꺼번에 세 개를 만들어보자."

남편은 내켜 하지 않았지만 '주문 날짜'라는 말에 어쩔 수 없이 시도해보기로 했다.

남편은 각오를 다지는 표정으로 공방으로 들어갔다. 나는 걱정도 되고 호기심도 생겨서 〈은혜 갚은 학〉 이야기도 잊은 채 몰래 훔쳐보았다.

아니나 다를까, 작업은 반죽을 할 때부터 순조롭지 않았다. 남편은 꽤 오랜 시간을 뭔가 마음에 들지 않는 듯 고개를 갸웃거렸다. 그리고 작업을 하는 내내 고민이 있는 사람처럼 가만히 서 있기를 반복했다. 오븐에서 빵을 꺼냈을 때도 표정이 밝지 않았다. 보통 때는 빵을 오븐에서 꺼내면 기분 좋게 밖으로 나와 "됐습니다. 포장해주세요!"라고 말하는데 그 날은 달랐다.

구운 빵을 앞에 놓고 한참 고민을 한 후에 빵을 들고 나와서는 "음, 마음대로 안 되네"라고 말하더니 빵 한 조각을 떼어 맛을 보았다.

"이 맛이 아니야!"

남편의 절망적인 표정을 보다 못한 내가 제안을 했다.

"몇 번 연습하면 잘되지 않을까?"

"아니야! 몇 번을 반복해도 내가 원하는 맛은 낼 수 없어."

그러고 나서 이렇게 단언했다.

"누구를 위한 건지 모르는 빵 같은 건 만들 수 없어!"

이렇게 '한 번에 한 개'는 결코 무너뜨릴 수 없는 남편의 신념으로 굳어졌다.

2장

우리의 만남

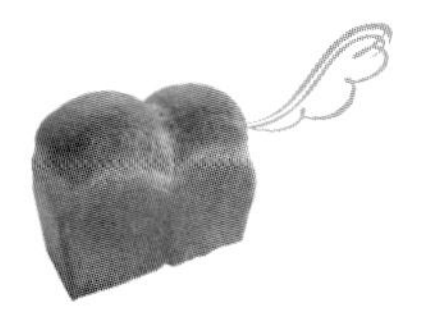

소년의 꿈

남편은 1975년 3월 16일 오전 3시 50분, 후쿠시마 현 미나미 아이즈에 있는 외갓집에서 태어났다. 그 후 카나가와 현 요코하마 시내에서 부모님, 형과 함께 살았다. 어릴 적부터 스포츠에 재능을 보이더니 초등학교 때는 축구에 빠져 있었다.

그가 경륜이라는 세계를 만난 것은 초등학교 3학년 때 처음 아버지와 함께 간 우쓰노미야 경륜장에서였다. 몸이 아파 일을 할 수 없었던 아버지의 유일한 즐거움이 경륜 경기를 보는 것이었다. 특히 아들과 함께 가는 것을 좋아하셨다.

"미즈키, 이다음에 커서 경륜 선수가 되지 않을래?"

아버지는 아들에게 몇 번이나 물어보았다. 경륜 선수가 된 아들이 트랙을 질주하는 것, 그런 아들을 응원하는 것이 아버지의 유일한 소원이었다.

남편이 경륜 선수가 되기로 결심한 데에는 아버지의 영향도 컸지만 그것이 전부는 아니었다. 자전거를 타고 질주하는 선수를 처음 봤을 때부터 이미 소년 미즈키의 가슴에서는 이제껏 느껴보지 못한 뭔가가 타오르고 있었다.

'자전거로 저렇게 빨리 달릴 수 있다니! 정말 멋있다. 좋아! 나도 경륜 선수가 되어야지.'

초등학교 졸업 문집에도 〈장래 꿈은 경륜 선수〉라는 글을 실었을 정도로 경륜에 대한 열정과 동경은 대단했다.

그의 어머니는 아픈 아버지를 대신해 화과자집에서 파트 타임으로 일하며 가계를 꾸려나갔다. 초등학생 미즈키는 그런 어머니를 도와 매일 장을 보고 설거지, 청소, 빨래, 다림질, 쓰레기 버리기 등 집안일을 도맡아 했다. 그 시기에 요리 프로그램을 보기 시작했고, 케이크를 스스로 구워 간식으로 먹었다고 한다.

중학교에 들어가서는 럭비 선수로 활약했다. 발이 빨랐기 때문이다. 럭비부 활동과는 별개로 경륜 선수가 되기 위한 트레이닝도 개인적으로 시작했다. 럭비부 연습이 끝나면 시장에서 저녁거리를 사고, 귀가해서는 트레이닝복으로 갈아입고 손에는 아령을, 발목에는 모래주머니를 차고 매일 열심히 달렸다. 비가 오나 눈이 오나 하루도 연습을 안 한 날이 없었다.

고등학교 때는 육상부에 들어갔다. 여러 종목 중 굳이 육상을 선택한 이유는 경륜 세계선수권대회에서 10연패라는 대기록을 세운 나카노 코이치 선수가 고등학교 때 육상부였기 때문이다.

그런데 미즈키가 들어간 육상부에는 코치가 없었다. 그래서 혼자서 트레이닝 교본을 읽고 달리는 방법과 웨이트트레이닝 방법을 연구했다. 그 와중에도 경륜 선수가 되기 위한 훈련은 쉬지 않았다.

고등학생 미즈키의 하루는 아주 분주했다. 아침 일찍 경륜 훈련을 하고 나서 학교에 갔다. 수업이 끝나면 육상부 연습을 하고, 저녁 7시부터 10시까지 핫도그집에서 아르바이트를 했다. 아르바이트가 끝나면 집으로 돌아와서 1시간 정도 더 달렸다.

아르바이트는 고등학교에 입학하자마자 시작한 것이었다. 경륜을 하자면 돈이 많이 든다. 경기용 자전거는 새것은 적어도 30만 엔(400여만 원 정도) 가까이 하며, 유지하는 데도 돈이 많이 든다. 체인 교환에 2000엔(2만~3만 원 정도), 타이어에 펑크가 나면 1500엔(2만 원 정도)이 든다. 몇천 엔이지만 모이면 꽤 큰 액수가 된다. 연습하다가 자전거가 넘어지기라도 하면 그 충격으로 프레임이 망가질 때도 있다. 프레임 교환에는 10만~15만 엔(100만~200만 원 정도)이 든다. 당연히 모든 비용은 혼자서 부담해야 한다고 생각해 아르바이트를 시작한 것이다. 소년 미즈키는 그토록 꼼꼼하게 자신의 꿈을 준비해갔다.

육상부 연습과 경륜 선수가 되기 위한 훈련을 지속하다 보니 입학할 때만 해도 전체 학생들 중 빠른 정도였지 육상부로서는 지극히 평범한 기록이었는데, 3학년이 되었을 때는 100미터를 10초대로 달렸다. 전국대회에서 결승에 진출할 정도의 실력이었다.

그런데 졸업할 때쯤 왼쪽 허리가 아파왔다. '척추탈위증'이었다. 몸을 혹사시켜서 그런 건지, 독학으로 익힌 트레이닝 방법이 잘못된 건지 원인은 정확히 알 수 없었다. 치료를 위해 침구원에도 가보고 체형 교정하는 곳에도 다녔지만 상태는 더 나빠지기만 했다. 나중에는 걷는 것조차 마음대로 되지 않았다. 결국 고등학교 마지막 대회는 출전조차 하지 못했다. 하지만 미즈키는 당시 아쉬워했을 뿐 크게 좌절하지는 않았다. 경륜이 아니었기 때문이었을 것이다.

육상은 생각지도 못한 일로 포기하게 됐지만 경륜 선수가 되기 위한 트레이닝은 본격적으로 하기 시작했다. 우선 아르바이트 해서 모은 돈으로 경주용 중고 픽시*를 구입했다. 픽시는 경기 중에

---

* 뒷바퀴가 페달에 고정되어 있어 페달을 밟을 동안만 바퀴가 움직인다. 디자인이 심플하고 최소한의 기본 장치만 있어 가벼운 것이 특징이다.

는 시속 70킬로미터까지, 연습 중 내리막길에서는 90킬로미터까지 속력을 낼 수 있다.

미즈키는 픽시의 매력에 더욱 푹 빠졌다. 경기를 보며 그 속도에 놀랐지만 직접 타보니 속도 외에도 말로는 표현할 수 없는 무언가가 있었다고 한다. 특히 바람이 볼을 스치고 지나가는 순간 가슴이 뭉클했다고 한다.

졸업을 앞두고 다른 친구들이 진로 상담을 할 때 남편은 이미 경륜 선수가 되기 위한 준비를 한창 하고 있었다.

5전 6기, 드디어 프로 경륜 선수가 되다

경륜 선수가 되려면 선수 자격증을 따야 하고, 자격 검정시험에 합격하기 위해서는 경륜 학교에 입학해 전문적인 트레이닝을 받아야 한다. 경륜 학교에 입학하기란 여간 어려운 일이 아니다. 매년 두 번 있는 입학시험은 1차와 2차로 나뉘어 있고 실기와 필기, 면접시험까지 봐야 한다.

그중에서도 실기시험이 가장 어렵다. 실기시험은 적정시험과 기능시험으로 나뉘고 그중 한 가지를 선택해 시험을 치른다. 적정시험은 자전거 이외의 경기에서 뛰어난 인재를 발굴하는 시험이다. 미즈키가 시험을 본 시절에는 단거리달리기, 장거리달리기, 도약력, 근력 등을 테스트하고 신체 능력에 따라 합격 혹은 불합격을 결정했다. 기능시험은 선수 중에서 뛰어난 인재를 발굴하는 시험이다.

미즈키는 고등학교를 졸업한 그 해에 시험에 응시했다. 정식으로 경륜 경기를 한 적이 없어 적정시험을 선택했지만 결과는 불합격.

도약력이 부족했나 싶어 연습을 한 뒤에 가을에 또다시 시험을 봤지만 이번에도 불합격이었다.

'적정시험으로는 안 되겠구나. 기능시험에 도전해보자!'

기능시험에서 합격하려면 경륜 경기에 필요한 역량과 기술을 익혀야만 했다. 그것은 혼자서는 할 수 없는 일이었다. 기술을 지도해줄 사람이 필요했다. 그래서 경륜 선수가 되기 위해 훈련을 하는 사람들의 모임인 '애호회'에 들어갔다. 애호회를 이끄는 선생님의 지도에 따라 다른 연습생들과 서로를 격려해가며 달리기 연습과 웨이트트레이닝을 하고 험한 언덕길을 달리는 훈련을 매일같이 했다. 그 결과 실력이 눈에 띄게 늘어 합격 기준 시간에 안전하게 완주하곤 했다.

연습할 때 늘 좋은 성적을 낸 만큼 주위 사람들의 기대도 컸다. 하지만 세 번째 시험에서는 너무 긴장하는 바람에 평소 실력을 발휘하지 못했다. 네 번째와 다섯 번째 시험도 마찬가지였다. 다섯 번 연속 '불합격'이라는 쓴맛을 본 것이다.

그래도 경륜 선수가 되고자 하는 꿈은 포기하지 않았다. 낮에는 트레이닝을 하고 밤과 새벽에는 생계 유지를 위해 여러 가지 아르바이트를 했다. 패스트푸드점에서 폐점 후 가게 안을 청소하고 폐유를 폐유처리장까지 옮기는 일, 호텔 청소, 신문 배달도 했다. 일이 끝나면 잠깐 눈을 붙였다가 그대로 아침 트레이닝에 합류했다.

이런 날이 계속되자 만성수면부족 상태가 왔다. 시험 결과도 매번 좋지 않아 스트레스도 쌓여갔지만 주변 분들의 도움으로 신체적 · 정신적 어려움을 이겨낼 수 있었다. 한번은 같이 일하는 분에게서 자그마한 선인장 화분 두 개를 선물받았다. 손님에게 주는 것인데 미즈키에게도 선심을 쓰신 것이다. 선인장은 새끼손가락보다 훨씬 작았다. 미즈키는 2센티미터도 안 되는 선인장을 집으로 가지고 와 정성을 다해 키웠다. 호텔에서 같이 청소하던 파트타임 아주머니들도 꿈을 이루기 위해 열심히 살아가는 청년 미즈키를 아주 대견해하며 자식처럼 챙겨주셨다.

주위의 격려를 받으며 도전한 여섯 번째 시험은 미즈키에게 있어 마지막 기회였다. 연령 제한 때문에 더 이상 도전할 수 없었다. 시험 당일엔 비가 왔다. 비를 보며 미즈키는 '이번에도 떨어지면 소방관이 되자'라고 다짐했다고 한다. 그러자 오히려 긴장이 적당

히 풀리면서 평소처럼 달릴 수 있었고, 비로 경기장이 미끄러웠지만 전국 상위권에 속하는 성적으로 합격할 수 있었다.

신문에 난 합격자 리스트에서 자신의 이름을 발견했을 때는 별로 실감이 나지 않았다고 한다. 이름을 한참 동안 들여다본 후에야 '아, 드디어 합격했구나!' 하고 안도의 한숨을 쉴 수 있었다.

경륜 학교에서는 1년 동안 기숙사 생활을 하도록 되어 있다. 미즈키 역시 엄격한 기숙사 생활을 거친 뒤에 드디어 꿈에 그리던 프로 선수로 데뷔했다.

데뷔전은 이토 경륜장에서 열렸다. 첫날은 1등, 둘째 날은 4등, 마지막 날은 5등이었다. 경기가 끝난 후 처음으로 받은 상금은 30만 엔. 잠을 줄여가면서 아르바이트로 번 돈에 비하면 아주 큰돈이었다.

'단 한 번의 경기로 이렇게 많은 돈을 벌다니!'

어릴 때부터 '언젠가는 내 집을 짓고 싶다'는 소망을 품어왔던 미즈키는 그 돈을 고스란히 저축했다.

연습생 신분에서 프로 경륜 선수가 되면 단번에 생활이 화려해진다. 선배 선수들이 고급 외제차나 명품을 가지고 있는 것은 흔한 일이었으며, 그 외에도 여러 가지 유혹이 많았다. 하지만 미즈키는 경기가 끝나면 곧장 귀가했다.

미즈키가 살던 집은 방 한 칸짜리 아파트로 가구다운 가구 하나 없었고, 있는 것이라고는 조그마한 텔레비전과 이불 한 채, 고다쓰(온돌이 없는 다다미방에서 쓰는 난방기)뿐이었다. 정말 잠만 자는 집이었다. 선수가 된 기념으로 자신을 위해 구입한 롤렉스 손목시계가 유일한 사치품이었다.

만남

나는 스무 살 때부터 모델 일과 무용, 사회 보는 일을 했다. 출연도 하고 이벤트를 기획하고 연출하는 일도 함께 했다.

미즈키를 처음 만난 때는 2001년 봄. 그 시절에 나는 7년째 경륜장 마스코트 걸을 하고 있었다. 경기가 시작되기 전 선수 소개가 있을 때 선수들을 인도하고, 골인을 하면 깃발을 흔드는 것이 마스코트 걸의 주된 역할이다. 나에게 경륜장은 학교였고, 선수들은 반 친구 같은 존재였다.

특히 카나가와 지부에 소속된 경륜 선수들은 경기가 열릴 때마다 보기 때문에 서로 잘 알고 있었다. 그런데 미즈키와는 별다른 교류가 없었다. 얼굴은 알고 있었지만 인사를 나누거나 하는 사이

Panasonic

는 아니었다. 경기나 연습 때 보면 엄청 열심히는 하는데 어딘가 모르게 겉돌고 있는 것 같다는 느낌을 받았다. 인상도 운동선수라고 하기엔 유약했다. 유약한 인상이 나쁜 것은 아니다. 하지만 항상 상대와 경쟁해서 살아남아야 하는 것이 경륜의 세계이기에 그의 얼굴을 처음 본 순간 '저 사람이 선수생활을 계속 해나갈 수 있을까?' 하는 생각이 절로 들었다.

우리가 서로의 존재를 처음으로 의식하게 된 것은 가게쓰엔 경륜장에서였다. 그가 경륜장에 있는 롤러에서 워밍업을 하고 있을 때 우연히 내가 그 앞을 지나가게 되었고 순간 눈이 마주쳤다. 그러자 그의 눈이 동그랗게 커지는가 싶더니 몸이 기우뚱했다.

"앗!"

그가 롤러에서 떨어지는 줄 알고 나도 모르게 소리쳤다. 다행히 사고는 나지 않았지만 얼른 자세를 고쳐 앉는 그의 얼굴은 빨갛게 달아올라 있었다. 귀까지 빨개진 그는 부끄러운 듯 고개를 숙이며 시선을 피했다.

그 날 저녁, 일을 마치고 집으로 갈 채비를 하는데 친분이 있는 선수가 다가왔다.

"내 동기가 연락처를 가르쳐달라고 하는데, 그래도 돼?"

"응? 그, 그래."

별 생각 없이 대답하고 나니 그 사람이 누구일까 궁금했다. 낮의 일을 까맣게 잊고 있었던 나는 누군지 짐작조차 하지 못하다가 집에 도착해서야 '눈이 크고 얼굴이 빨간 선수'를 떠올렸다.

'혹시 롤러에서 떨어질 뻔한 그 사람?'

다음 날 전화를 한 그 남자의 목소리는 꽤나 떨리고 있었다.

"경륜 선수 타이라라고 합니다. 동기한테 연락처를 받고 전화했습니다. 오늘, 시간 있으세요?"

직접 통화를 하지 않고 문자를 받았거나 다른 사람에게 전해 들었다면 나는 그를 만나러 나가지 않았을 것이다. 당시 나는 실연을 당한 직후였다. 아직 충격에서 벗어나지 못하고 있어서 새로운 누군가를 만날 기분이 아니었다. 마음속에는 여전히 헤어진 남자에 대한 미련이 강하게 남아 있었다. 그런데 잔뜩 긴장한 그의 목소리를 들으니 거절을 할 수가 없었다. 겨우 겨우 용기를 내 전화를 했음이 느껴졌기 때문이다.

"식사는 하셨어요?"

나를 만나기 전에 열 번은 연습한 듯한 말투였다. 그에 비해 나는 전혀 긴장을 하지 않고 있었다.

"내가 좋은 곳 알고 있는데, 거기 가서 먹을까요?"

"예! 좋아요."

우리는 카마쿠라에 있는 레스토랑으로 갔다. 밤이 되면 횃불이 바람에 흔들려 로맨틱한 분위기가 연출되는 해변의 레스토랑이었다.

"아~, 배고파라."

나는 테이블 가득 요리를 주문해 정신없이 먹었다. 얼마나 허겁지겁 먹었는지 그 날 그가 음식을 먹었는지 어땠는지도 기억나지 않는다. 그래서인지 미즈키는 그러한 내 모습을 보며 이렇게 느꼈다고 한다.

'처음 보는 거나 마찬가지인 사람 앞에서 잘도 먹네.'

밥 한 끼 먹자고 전화한 게 아닌 줄 알았지만 당시 나에게는 그의 마음을 배려할 여유가 없었다. 힘들게 용기를 내 데이트 신청을 한 사람을 앞에 두고 되레 내 연애 상담만 늘어놓았다.

"어떻게 하면 그 사람과 다시 잘될 수 있을까요? 무슨 오해가 있는 건 아닐까요?"

듣기 싫을 법도 한데 그는 조용히 내 이야기를 들어주었다. 그리고 며칠 후에 그는 나에게 예쁘게 포장한 상자 하나를 건넸다.

"제가 만든 건데 한번 드셔보세요."

상자 안에는 치즈케이크가 들어 있었다. 실연의 아픔으로 풀이 죽어 있을 나를 위로하려고 집에서 직접 만들어온 것이었다.

"힘내세요. 다시 그 사람을 만날 수 있길 바랄게요."

케이크를 한 입 먹는 순간 '행복한 맛이란 이런 거구나' 하는 생각이 들었다. 유명한 빵집에서 산 것처럼 아주 맛있었다. 실연의 슬픔은 사라지고 달콤한 행복만이 마음에 가득 찼다.

그 후로 나는 염치도 없이 케이크를 만들어달라는 부탁을 종종 했다. 큰 결례일 수도 있는 일인데 이상하게도 그 사람 앞에서는 그런 생각이 들지 않았다. 케이크를 먹는 순간만큼은 실연의 아픔을 잊을 수 있었다. 그리고 그의 케이크는 먹으면 먹을수록 더 먹고 싶어졌다.

나중에는 비가 오는 날이면 으레 케이크를 먹었다. 경륜 선수들은 거의 매일 새벽부터 밤까지 트레이닝을 하고 대회에 나가는 생활을 하는데, 비가 오면 밖에서 연습을 할 수 없으니 그가 아예 오븐이 있는 부모님 집까지 가서 케이크를 구워서 가져다주었기 때문이다.

나는 점점 비 오는 날이 기다려졌다.

우리는 그렇게 비가 오는 날마다 조금씩 조금씩 가까워졌다.

그의 마음이 담긴 케이크 덕분에 실연의 아픔을 거의 잊어갈 즈음이었다. 같이 식사를 하고 그의 아파트에 놀러 가게 되었다. 아무것도 없이 휑한 집에서 밤늦게까지 시간 가는 줄 모르고 이야기를 하는데 갑자기 오한이 들었다. 체온을 재보니 40도에 가까웠다. 몸이 부들부들 떨리고 움직일 수가 없었다. 나는 집으로 돌아갈 생각도 하지 못하고 그가 깔아주는 이부자리에 누워야 했다.

"열이 많이 나는 것 같아. 얼음베개가 있으면 좋겠어."

하지만 그의 아파트에는 얼음베개는커녕 냉장고도 없었다. 그는 근처 슈퍼마켓까지 자전거를 타고 달려가서 얼음베개를 사 왔다.

"뜨거운 차가 마시고 싶어."

이번에는 차와 찻주전자, 찻잔을 사기 위해 페달을 밟았다.

"죽 먹고 싶어."

그 말을 듣자마자 남편은 얼른 나가서 가스버너, 주전자, 뚝배기, 밥그릇, 젓가락, 조미료를 사오더니 곧바로 죽을 끓여주었다. 하지민 열은 좀처럼 내리지 않았다.

그 상태로 그의 집에서 일주일 이상 누워 있었다. 그동안 미즈키는 매끼니마다 죽을 끓여주었다.

"병원에 가서 링거를 맞으면 좋을 텐데."

그는 간호를 하면서 걱정 가득한 눈빛으로 병원에 가보자는 말을 많이 했지만 나는 고집을 부렸다.

"약에 의지하면 안 돼. 스포츠 드링크를 뜨거운 물에 희석시켜서 마시고 땀을 흘리는 게 최고야."

나는 계속해서 스포츠 드링크를 희석시켜 끓인 물을 마셨다. 미즈키는 안타까운 마음을 에둘러 표현했다.

"네가 빨리 안 나으니까 내가 덮을 이불이 없잖아."

이불만이 아니었다. 잠시 놀러왔다가 그렇게 되었기에 갈아입을 옷도 없었다. 그래서 그의 티셔츠를 빌려 잠옷으로 입었다. 그 외에도 여러 가지 소소한 것들을 때로는 허락을 받고 때로는 무단으로 공동 사용했다.

일주일이 지나도 몸이 회복되지 않자 나도 슬슬 걱정이 되었다. 그래도 병원에는 가기 싫어 버티고 있는데 미즈키가 단호하게 병원에 가자고 했다. 내 말이라면 무조건 들어주던 미즈키가 그렇게까지 나오자 더는 사양할 수 없었다.

진단 결과는 꽤 충격적이었다.

"위궤양, 대장용종, 간 기능 저하, 방광염에 자궁경부암까지 있을 가능성이 있습니다."

실연으로 인한 정신적 스트레스가 병으로 나타나는가 싶었다. 나의 몸 상태를 알게 된 미즈키는 "몸에 좋은 거 많이 먹고 건강해지자!"면서 바쁜 훈련과 경기 중에 짬을 내어 하루가 멀다하고 맛있는 요리를 해주었다.

내가 몸을 회복한 것은 병원 진단을 받고 2개월이 지나서였다. 나는 그 때부터 그의 집에서 생활하게 되었다. 내 물건을 조금씩 가져다놓고 아파트에 전화선을 개설하고 인터넷까지 개통했다. 나도 모르는 사이에 헌신적으로 보살펴주는 그에게서 안도감을 느꼈던 것이다. 그렇게 우리는 자연스럽게 같이 지내게 되었다.

함께 지내기 시작하면서 미즈키의 선수로서의 생활을 들여다볼 수 있었다. 그는 '놀고 있으면 경기에서 이길 수 없다. 무조건 연습을 해야 한다'고 생각해 강박적일 만큼 하루종일 연습에 매달렸다. 평일에는 해가 뜨기 전에 개인훈련을 하고 아침을 먹은 뒤에 경륜장으로 출근했다.

그는 새벽 훈련을 할 때면 내가 깨지 않도록 조심스럽게 이불 속에서 빠져나와 자전거를 들고 아파트 계단을 내려갔지만 나는 그가 나가고 들어오는 것을 다 알고 있었다. 경륜 선수는 선수용 운동화를 신는다. 운동화 앞부분에는 페달을 걸 수 있게 튀어나온 부분이 있는데 걸을 때마다 찰각찰각 소리가 난다. 아직 잠에 취해 있을 때 멀리서 그 소리가 들려오면 새벽 훈련을 끝내고 돌아왔다는 신호였다.

겨울엔 참으로 안쓰러웠다. 차디 찬 새벽 공기 속에서 훈련을 끝낸 미즈키의 몸은 얼음장처럼 차가웠다. 발에서는 찬 기운이 뿜어나왔고, 몸이 얼어 그대로 탕에 들어가면 찌릿찌릿 저려서 몸이 녹기 전엔 따뜻한 물에 목욕을 할 수도 없었다. 그래서 내가 이불 속에서 온수 팩을 대신해 서서히 미즈키의 몸을 녹여주었다.

미즈키는 육체적으로 한계에 다다를 때까지 연습을 계속 했다. "구토가 날 때까지 하지 않으면 연습을 한 것 같지 않아!"라고 그는 입버릇처럼 말했다.

그가 연습을 지독할 정도로 하는 데는 이유가 있었다. 경륜은 단련된 다리 힘과 근력으로 승부하는 경기다. 근력은 곧 성적이고, 성적은 생활과 직결된다. 다쳤는데도 입원하지 않고 집으로 돌아온 적도 몇 번 있었다. 이틀만 쉬면 근력이 떨어진다는 것이 그 이유였다. 그래서인지 경륜 선수 중에는 다쳐서 전치 1개월 진단이 나와도 바로 퇴원해 연습을 시작하는 선수가 많다. 미즈키 역시 다친 몸을 이끌고 각종 장비가 들어 있는 가방과 자전거를 들고 집까지 와서는 현관에서 쓰러진 적이 있었다.

"무리해서 집에 오면 어떡해! 다쳤을 때만이라도 택시를 타!"

화를 내면서 말을 해도 다음날 아침이면 다친 몸으로 평상시처럼 연습하러 나갔다.

어떤 일이 있어도 매일 연습을 했다. 지나칠 정도로 열심히 트레이닝을 하는 바람에 육상부 시절에 생긴 요통이 악화되어 허리를 앞으로 숙이지도 못했다.

연습 강박증 때문에 몸이 상하는 것을 보니 그대로 둬서는 안 되겠다는 생각이 들었다.

분위기를 바꿔보는 것이 좋겠다 싶어서 아파트 복도에 페인트칠을 한 평상과 화분을 놓고 차를 마실 수 있는 공간을 만들었다. 거기에 허브와 꽃을 심으니 분위기가 훨씬 더 좋아졌다.

같이 생활을 하자 그동안 찾아오는 사람이 없었던 미즈키의 집에 손님들이 찾아오기 시작했다. 집 안에는 마땅한 공간이 없어 복도에서 손님을 맞았다. 커피를 마시기도 하고 꽁치가 많이 잡히는 철에는 화로에 구워 먹기도 하고, 따뜻한 음식을 먹는 계절에는 전골 파티를 열기도 했다. 우리 집에서는 복도가 카페이자 레스토랑이었던 셈이다. 같은 층에 살고 있던 친구가 말했다.

"이 아파트에서 이 집만 특별히 좋아 보여."

그리고 여름에는 자전거를 타고 바다로 놀러 가고 겨울에는 수영장에도 같이 다니고 여행도 갔다. 여행은 주로 캠핑이었다. 그 진부터 캠핑을 즐기던 나는 이미 모든 장비를 갖추고 있었다. 텐트, 침낭, 식재료를 배낭에 넣어 각지를 다녔다.

야외활동과 수영 등 트레이닝과는 다른 활동을 한 덕분인지 미즈키의 요통은 점점 나아졌다. 무엇보다 연습량을 줄인 것이 도움이 되었을 것이다.

이렇게, 나와 함께 산 이후로 미즈키의 생활은 180도 변해갔다. 그 전까지 그는 365일 내내 오로지 자전거만 탔다. 경륜 선수가 되기까지 가족들을 비롯해 어느 누구의 지원도 없었던 터라 모든 것을 혼자 해내야만 했다. 어쩌면 그것은 미즈키가 몸으로 깨우친 생존법칙이었는지도 모른다. 하지만 시간이 날 때 함께 놀러 다니고 가벼운 마음으로 훈련하면서부터는 다른 '생존법칙'도 있다는 것을 알게 된 것 같다. 신기하게도 그런 체험이 시합에서 좋은 성적을 거두는 데도 큰 역할을 했다.

2005년 3월, 그의 서른 번째 생일날 우리는 혼인신고를 했다.

"평생 당신을 따르겠습니다."

그의 프러포즈는 부드러운 그의 인상을 닮았다.

"그건 여자가 하는 말이잖아!"

내가 웃으면서 대꾸했다. 남자의 프러포즈로는 어울리지 않는 말일지 모르지만 남편다운 말이라고 생각했다.

3장

운명을 바꾼 사고

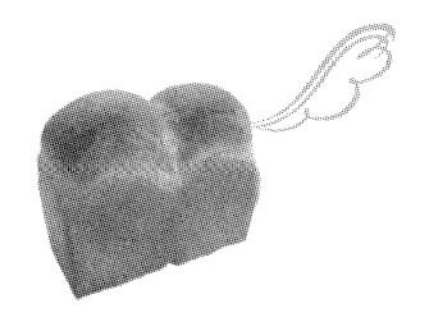

도와주세요, 그를 살려주세요

운동선수에게는 항상 부상의 위험이 따른다. 운동 경기 중에는 늘 크고 작은 사고가 일어난다. 경륜 경기에서는 자전거에서 떨어지는 일이 자주 있다.

한껏 속도를 내면 자전거는 시속 70킬로미터까지 달릴 수 있다. 자동차와 맞먹는 속도이지만 보호 장구는 헬멧이 고작이다. 그래서 자전거에서 떨어지면 거친 콘크리트로 된 경기장에 세게 부딪혀 골절상을 입거나, 가볍게는 몸이 경기장 바닥에 스쳐 찰과상을 입는 경우가 허다하다. 그래서 경기가 있을 때는 항상 의료진이 대기하고 있으며 부상을 입은 선수는 곧바로 의무실로 옮겨진다. 의무실 앞을 지나가면 "아~ 으으으…" 하는 통증을 호소하는 신음소리가 들려온다.

가벼운 부상이라도 신경 써서 관리해야 한다. 경기장 페인트나 먼지가 묻은 상태로 상처를 방치하면 세균에 감염될 위험이 있다. 그래서 즉시 상처 부위를 물로 씻어내고 솔로 박박 문질러 이물질을 깨끗하게 씻어내야 한다. 남편도 여러 번 찰과상을 입었는데, 그 때마다 내가 소독을 해주었다. 상처 부위에 감은 붕대가 엉겨붙어 소독할 때마다 피가 배어났지만 그는 눈물을 글썽이면서 아픈 것을 꾹 참았다. 잘 때도 통증이 가라앉질 않아 몸을 뒤척이는 것도 힘겨워했다.

그래서 경륜 선수에게는 비가 오는 날이 오히려 편하다. 경기장이 젖어 있으면 비가 윤활제 역할을 해서 자전거에서 떨어져도 쭉 미끄러져 큰 부상은 피할 수 있기 때문이다. 나도 비가 오는 날에는 조금 편안한 마음으로 경기를 지켜볼 수 있다.

2005년 8월 27일은 구름 한 점 없이 한여름의 태양이 내리쬐는 무더운 여름날이었다. 경기장에는 아지랑이가 피어올랐다. 맑은 날이 아니라 비가 왔다면 어땠을까? 비가 왔다면 마찰력이 줄어들어 자전거에서 떨어져도 쭉 미끄러져서 큰 부상은 피할 수 있었을 텐데…. 그러나 그 날은 아지랑이가 피어오를 만큼 맑디맑은 여름날이었다.

보통 경기가 있기 전에는 여러 가지 검사를 받아야 하기 때문에 전날 2시까지 출전 경륜장에 도착해야 한다. 도착한 선수는 전원 혈압을 잰다. 가끔은 예고도 없이 혈액검사, 소변검사 등 도핑검사를 받는다. 그래서 경기 하루 전인 8월 25일, 남편은 친구인 야마가쓰의 차를 타고 사이타마 현에 있는 오미야 경기장으로 향했다. 나는 그 날 따라 몸이 나른하고 무거워 함께 가지 못하고 이불 속에서 남편을 배웅해야 했다.

"다녀올게."

"응, 잘 갔다 와."

첫날 경기 전에 남편은 동료 선수에게 이런 말을 했다고 한다.

"집을 짓고 나니까 이기고 싶다는 생각이 더 간절해져. 1등 하고 말 거야. 너도 집을 짓는 게 어때? 더 열심히 해야겠다는 생각이 들 거야."

2004년 크리스마스에 우리 집이 완성되었다. 단독주택은 남편이 경륜 선수가 됐을 때부터 간절한 마음으로 준비해온 꿈이었다. 정식으로 부부도 되고 우리만의 집까지 짓고 보니 더욱더 우리의 결혼생활이 따뜻하고 포근하게 느껴졌다. 남편도 마찬가지였다.

남편은 훈련이나 경기 때문에 시간을 내기 어려워 내가 땅을 보러 다녔다. 하루 종일 자전거를 타고 수십 곳을 다니며 집 지을 땅

Saeco

을 찾았다. 땅을 구한 다음에는 건축가와 여러 번 상의한 후 도면을 그렸다. 건축 자재와 인테리어 소품도 우리가 직접 찾아다녔다. 착공을 한 다음에는 내가 매일 인부들에게 줄 음식을 가지고 현장에 나갔다. 이 모두가 우리에게는 즐거운 일이었다.

집 건축의 마무리를 할 때가 가장 즐거웠다. 내부 벽과 천장에 규조토칠이나 가리비조개 파우더칠을 둘이 직접 했다. 추운 날씨에 하얀 입김을 내뿜으면서 아침부터 밤까지 벽에 매달려 있었다. 어떨 때는 새벽 2시가 넘어서까지 일을 했지만 힘든 줄 몰랐다. 2주 동안 칠을 끝낸 다음에는 1층과 2층의 나무 바닥과 계단에도 페인트칠을 하고 정원에는 벽돌을 깔아 나무를 심고 꽃씨를 묻었다. 우리는 마치 아이를 대하듯 집 구석구석을 소중하게 대했다. 이 집이 있기에 앞으로 어떤 일도 극복해나갈 수 있을 것 같았다. 남편도 더 진지한 자세로 경기에 임했다.

첫날 경기에서 7위를 한 남편은 둘째 날(8월 27일) 경기에서 1위를 해야만 결승전에 출전할 수 있었다.

"오늘은 꼭 1등을 해서 결승전에 출전해야겠어. 첫날의 좋지 못한 성적을 만회해야만 해."

남편은 그렇게 다짐하고 한여름의 뜨거운 태양이 내리쬐는 경기장으로 향했다.

스타트를 알리는 총성이 울리고 경기가 시작되었다. 컨디션은 좋았고 경기는 마음먹은 대로 풀렸다.

마지막 한 바퀴가 남았음을 알리는 종소리가 울리자 남편은 페달을 힘차게 밟아 1위로 치고 나갔다. 마지막 코너를 지나 결승점이 눈앞에 있었다. 경기장에 있던 모든 사람들이 '1위는 이미 정해졌군' 하고 생각한 순간, 뒤에 오던 선수가 자전거에서 떨어졌다. 그런데 주인을 잃은 자전거가 하필이면 남편이 타고 있던 자전거의 뒷바퀴에 걸리고 말았다. 남편은 자전거와 함께 공중으로 치솟았다가 머리부터 경기장 바닥으로 곤두박질쳤다.

"타이라 미즈키 선수가 경기 중에 자전거에서 떨어졌습니다. 빨리 병원으로 와주셔야겠습니다. 상태가 심각합니다."

내가 전화를 받은 것은 오후 4시쯤이었다. 전화를 끊고서도 무슨 일이 일어났는지 와닿지 않았다. 마치 긴 악몽을 꾸다 깬 것처럼 현실감이 없었다. 머릿속에서는 같은 말이 되풀이되었다.

'왜? 왜, 자전거에서 떨어졌어? 그렇게 열심히 연습했는데, 왜?'

서둘러 필요한 물건들을 챙겨 전철역으로 갔다. 오미야에 있는 병원은 전철로 2시간 남짓 걸리는 거리였다. 덜컹거리는 전차에 몸을 싣고 가다가 창밖을 보니 노을이 지고 있었다. 3년 남짓한 동

거 끝에 혼인신고를 한 지 5개월째, 그리고 우리만의 집을 지은 지 8개월째였다. 겨우, 이제 겨우 따뜻하고 포근한 시간을 함께할 수 있게 되었는데….

내 머릿속은 시시각각으로 변해가는 저녁 하늘처럼 온갖 생각들이 맴돌았다.

병원에 도착한 것은 7시가 넘어서였다. 병실에는 의사와 경륜장 관리임원이 있었다. "상태가 심각하다"는 말을 들었지만 병실 문을 열기 직전까지 나는 그 말을 믿지 못하고 있었다. 부디 가벼운 사고이기를, 부디 가벼운 사고이기를, 부디 심각하게 말하기를 좋아하는 의사들의 버릇이기를 간절히 바랐다. 그러나 나의 바람은 병실 문을 열자마자 산산이 부서지고 말았다. 남편의 팔에는 링거가 꽂혀 있었고 목은 보조기로 고정되어 있었다.

"ㅇㅇㅇㅎ… ㅇㅇ… ㅇㅇㅇㅎ… 하아, 하아."

남편은 눈을 감은 채 신음소리를 내다가 얕은 숨을 내쉬곤 했다. 핏기 없는 얼굴은 고통으로 일그러져 있었다.

"머리를 심하게 부딪혀 경수가 손상되었습니다. 중심성 경수 손상입니다. 지금부터 24시간에서 48시간 사이가 고비입니다. 목숨을 건진다고 해도 평생 누워서 살아야 할지도 모릅니다. 지금은 의식이 없는 상태입니다."

의식이 없다는 담당의사의 말을 무시하고 나는 남편을 불렀다.

"나야! 내가 왔어. 눈 좀 떠봐!"

내 목소리를 들은 것일까, 남편은 잠깐 눈을 떴다가 다시 감았다.

"나 봐! 나야, 나. 내가 왔어! 어떻게 된 거야? 많이 아파?"

감고 있던 남편의 눈에서 한 방울의 눈물이 뺨을 타고 흘러내렸다.

'미…안.'

어쩌면 남편이 마음으로 내게 전한 말이었는지도 모른다. 의학적으로 보면 의식이 없는 남편이 그런 말을 했을 리 없지만 나는 분명히 남편의 목소리를 들었다.

'미…안.'

그 순간 내 안에서 힘이 불끈 솟아올라 온몸으로 퍼져갔다.

"걱정하지 마. 내가 꼭 낫게 해줄게, 꼭!"

그러자 창백하던 남편의 얼굴에 붉은빛이 도는 것 같았다. 나는 간절히 기도했다.

'하느님! 도와주세요. 남편을 살려주세요!'

움직일 수 없다, 말을 할 수 없다

사고 나고 사흘째 되는 날(8월 30일), 그의 얼굴빛이 조금은 좋아지고 말을 걸면 눈동자를 내가 있는 쪽으로 돌리기도 했다. 때로는 미소를 짓는 것 같기도 했다. 그러나 남편은 여전히 말을 하지 못했다.

'이 상태로 영영 깨어나지 못하면 어떻게 하지?'

매순간 두려움이 나를 덮쳤다. 불안감 때문에 옴짝달싹 못하고 바들바들 떨기만 한 적도 많았다. 그럴 때마다 나는 다짐했다.

'곁에 있는 내가 희망을 잃으면 안 된다. 내가 강해져야 한다. 남편은 아기로 다시 태어났다. 차근차근 순서대로, 내가 할 수 있는 일을 해나가자. 운동선수니까 목표를 정해주면 회복이 더 빨라

질 거야. 그래, 긍정적으로 생각하자.'

그렇게 다짐을 하고 나면 불안감은 잠시 물러났다가 이내 다시 찾아왔다. 그러면 다시 다짐하고 또 다짐하기를 반복했다. 내가 건강하고 밝아야 남편도 건강하고 밝아질 수 있다는 생각에 밝은 색 티셔츠를 입고 오렌지색 스카프를 머리에 둘렀다.

병원 주위를 다니면서 유리 꽃병, 찻주전자, 거름망, 찻잔을 구입했다. 그리고 작은 해바라기, 노란 거베라를 샀다. 식물이 남편에게 조금이라도 힘이 되어주기를 바라서였다.

빵집에도 들렀다. 빵집은 달콤한 향기로 가득했다. 빵을 살 때 기게에 놓인 책이 눈에 들어왔다.

"병실에 두고 싶어서 그러는데 이 책을 잠시만 빌려주시면 안 될까요?"

그렇게 부탁하자 점장님께서 흔쾌히 빌려주셨다. 그것은《르방의 천연효모》라는 책이었다. 병실에 돌아오자 남편이 바로 빵 냄새에 반응하고 빵에 대해 이야기하는 나를 지긋이 바라보았다.

“꼭, 걸어서 집에 돌아가자”

나는 병실 벽에 크게 인쇄한 우리 집 사진을 붙였다. 우리 집 사진을 보고 있으면 어서 빨리 집으로 돌아가고 싶어진다. 남편도 그럴 것이다. 오래 전부터 꿈꿔오던 집이니까. 그만큼 집은 우리에게 소중하다.

사진을 붙이고 남편에게 말했다.

“꼭, 걸어서 집에 돌아가자!”

이 말이 우리의 입버릇이 되었다. 나는 말로 하고 남편은 눈빛으로 ‘꼭 그러자’고 대답했다.

남편은 자전거에서 떨어질 때 머리를 세게 부딪힌 영향으로 실어증 증세가 있었다. 그래서 나는 그의 반응을 보면서 대화했다.

"집에 돌아가면 제일 먼저 뭐 하고 싶어?"

"……"

"정원도 예쁘게 꾸며야지. 장미 심을까? 장미로 아치를 만들면 예쁠 거야."

"……"

"나, 당신이 구워주는 케이크 먹고 싶어. 집에 가면 케이크 같이 굽자. 치즈케이크 어때?"

"……"

케이크 이야기에 남편의 눈빛이 반짝반짝 빛났다.

"그렇구나. 퇴원하면 제일 먼저 치즈케이크 만들자."

"……"

"큰 테이블이 있으면 좋겠어. 나무 상자는 버리고 예쁜 걸로 사자. 흰색으로 할까? 아니면 갈색으로 할까? 테이블 위에 요리를 가득 올리고 치킨 통구이도 하고, 당신이 좋아하는 그라탱도 만들자. 치즈 듬뿍 올려서."

"……"

이런 이야기를 하면 빨리 요리를 하고 싶어서 벌떡 일어나지 않을까? 대화는 일방통행이지만 불편하지는 않았다. 눈빛과 표정에서 남편이 무슨 생각을 하고 있는지 알 수 있었다. 퇴원하고 집에 돌아온 지금도 남편이 아무 말을 하지 않아도 하고 싶은 말이 텔레파시처럼 전해져 오는 것은 이런 지난 시간들 덕분인지도 모른다.

병실 분위기를 조금이라도 집 분위기에 가깝게 만들기 위해 서점에서 과자, 인테리어, 정원 꾸미기에 관한 책도 사서 진열해두었다.

'경륜 선수로 복귀할 수 있을까? 아니, 침대에서 혼자 힘으로 일어나기나 할 수 있을까? 집을 지으면서 빌린 거액의 융자금은 또 어떻게 하지?'

사실 이런 걱정과 고민을 털어놓고 싶었지만 함께 고민하고 함께 헤쳐나가야 할 남편은 말없이 누워만 있었다. 때로는 대꾸해주지 못할지언정 속 시원히 이야기라도 하고 싶었지만 그럴 수는 없는 거였다. 그래서 앞날에 대한 걱정은 차곡차곡 접어두고 요리, 정원, 집 꾸미기, 캠핑, 함께 갈 여행에 관한 이야기들만 했다. 병실에서는 밝은 이야기만 했다.

의사로 일하고 있는 친구에게 전화를 걸었다. 사고가 나기 전날에도 이 친구 집에 놀러 갔었고, 다른 지인에게서 이 친구가 미즈키 걱정을 많이 하고 있다는 말을 들었다. 또 의사로서 해줄 수 있는 조언을 들을 수 있을지도 몰랐다. 친구는 남편의 상태를 듣더니 대뜸 이렇게 물었다.

"병상일지는 쓰고 있어?"

"아니…."

"옆에 있으면서 병상일지도 안 쓰고 뭐 해? 병상일지를 써야지!"

의사 친구에게 한소리 듣고서야 침대 옆에 노트를 두고 가능한 한 일지를 쓰려고 노력했다.

다음날 남편의 상태를 설명해준다며 담당의사가 불렀다. 30대의 젊은 의사였다. 뭔가 새로운, 가능하면 희망적인 이야기를 들을 수 있을지도 모른다는 기대를 안고 갔는데 대화 내용은 실망스러웠다.

"중심성 경수 손상입니다."

그 한마디뿐이었다. 중심성 경수 손상이라면 이미 들은 이야기다. 어디가 어떻게 얼마나 손상됐는지, 어떻게 하면 회복될 수 있는지에 대한 설명은 없었다. 아마도 의사가 자발적으로 부른 게 아니라 병원 규정을 따르는 시늉만 했던 것 같다.

"어떤 치료를 받아야 하죠?"

질문을 했더니 차트만 보면서 전문용어로 빠르게 설명했다. 나는 도저히 알아들을 수 없었다.

"죄송합니다. 한 번만 더 설명해주시겠어요? 의사 친구가 병상일지를 적으라고 해서 가능하면 상세히 알고 싶은데요."

담당의사는 차가운 한숨을 내쉬더니 조금 전과 다름없이 어려운 말로 설명하고는 더 이상 설명할 방법이 없다는 표정을 지었다. 아무리 의학 지식이 풍부한 의사라도 환자와 그의 가족을 살리기 위해서는 기술과 지식을 넘어서 '환자에 대한 사랑'이 꼭 필요하다고 생각한다. 환자에 대한 사랑이 없으면 의사가 아니라 그저 기술자일 뿐이다.

'단 1퍼센트라도 가능성이 있다면 거기에 희망을 걸고 최선을 다해 치료를 받겠단 말이에요! 기적을 일으킬 수 있다고 나는 굳게 믿고 있다고요'라고 외치고 싶었지만 냉담한 담당의사의 표정을 보니 아무 말도 나오지 않았다. 그 뒤로도 그 의사는 퇴원할 때까지 한 번도 내 눈을 보면서 이야기한 적이 없다.

할 수 있는 것은 뭐든지 해보자

어눌하지만, 남편이 말을 하게 되고 조금씩 몸을 움직일 수 있게 된 뒤로 나는 남편의 마비된 신경과 근육을 되살리기 위해 온갖 방법을 모두 시도해보았다. '차갑다', '뜨겁다'는 피부감각을 되살리기 위해 손과 발을 뜨거운 수건으로 문질렀다가 차가운 수건으로 문질러도 보았고, 얼음물과 뜨거운 물을 세면기에 담아놓고 남편의 손이나 발을 번갈아 담그기도 했다.

친구가 권해준 음파 치료도 해봤다. 돌고래가 내는 초음파가 사람을 치유하는 효과가 있다고 해서 나도 남편 옆에 누워서 함께 들었다. '끼~이' 하는 고음이 스피커를 통해 뻗어나왔다. 그러자 외부 자극에 둔감했던 남편이 반응을 보였다.

"소리 낮춰. 머리 울리니까."

초음파가 다친 신경을 되살리고 있나? 그래서 머리가 울리는 것일까? 반가운 마음에 소리를 줄이는 시늉만 했다. 남편의 이런 작은 반응에도 나는 보람을 느꼈다. 작은 변화라도 이끌어낼 수 있다면 무슨 일이든 할 수 있었다.

남편을 간호하는 만큼은 아니지만 내 건강에도 신경을 많이 썼다. 입원 기간이 길어지면 환자보다 보호자가 먼저 지치는 일이 많다. 환자에게 힘을 줘야 할 보호자가 지치면 환자도 회복에 대한 의지를 놓기 쉽다. 그래서 나는 저녁때가 되면 목욕탕에 갔다. 대만식 발 마사지, 한국식 때밀이, 타이의 옛날식 마사지 등 가능하면 마사지를 받았다. 그렇게 목욕이 끝나면 매점에서 몸에 좋다는 차를 사서 남편이 있는 병실로 돌아왔다.

이즈음 남편은 머리가 아프고 이마가 따끔거린다고 했다. 통증이 가라앉질 않아 많이 괴로워했다. 식욕이 돌아와 링거를 빼고 식사를 할 수 있게 되었지만 몸을 움직이지 못해 내가 떠먹여줬다.

9월 1일에는 MRI 검사와 인지 검사를 받았다. 남편은 오늘이 며칠인지도 모르고 적절한 말을 떠올리지 못할 때가 많았다. 뇌를 사용하게 하려고 반복적으로 '1+1', '2+8' 같은 산수 문제를 내줘도 답을 하지 못했다. 유치원생도 척척 대답하는 문제 앞에서 쩔쩔 매는 모습을 보니 안쓰럽긴 해도 화가 나거나 절망을 느끼지는 않았다.

내가 괴롭고 슬펐던 때는 남편이 간단한 문제도 풀지 못하고 몸을 움직이지도 못하는 자신의 모습에 괴로워할 때였다. 아직 자신의 상태를 정확하게 인식하지 못하기에 더욱 안타까웠다.

나는 남편을 간호하면서 동시에 아이치 현에서 개최 중인 아이치 만국박람회*의 '지구 시민촌' 부스에서 사회를 봤다. 아이치 현과 병원이 있는 사이타마 현을 오가는 생활을 한 것이다. 남편 걱정에 발길이 떨어지지 않았지만, 그렇다고 마냥 병원에만 있을 수는 없었다. 남편이 회복되기까지 긴 시간이 걸릴 것은 분명해 보였고, 돈도 필요했다. 그래서 간호를 하면서 일정이 정해지면 일을 하러 갔다.

언젠가 일을 마치고 병원으로 돌아오면서 나는 내내 손에 공을 꼭 쥐고 있었다. 박람회의 페루 전시관에서 산 공이었다. 뜨개실로 짠 것인데 알록달록 예뻤다. 공을 사갖고 오면서 나름 큰 기대를 품었다. 이 공으로 남편의 손 운동을 시킬 생각이었다. 공을 남편에게 쥐어주고 내 손으로 남편의 손을 감싼 다음 아이들이 '잼

---

* 지구온난화, 사막화 방지 등의 환경문제를 전면에 내세운 만국박람회로 2005년 3월 25일부터 9월 25일까지 열렸다. 시민이 행사나 운영에 본격적으로 참여해 화제가 됐다.

잼' 하듯이 손을 폈다 쥐었다 하면 바로 손의 감각이 돌아올 거라는 상상을 했다. 느긋하게 마음먹으려고 노력해도 금세 조급해지는 것이 간호하는 사람의 마음이다. 아니나 다를까, 병원에 도착하자마자 손 운동을 몇 번이나 반복했는데도 남편의 손은 조금도 움직이지 않았다.

'반복해서 연습하면 반드시 움직일 거야.'

나는 조급해진 마음을 다잡았다. 그리고 내 손에 쥐가 날 정도로 남편의 손을 쥐었다 펴기를 반복했다. 하루 동안 일하며 겪은 일들을 이야기해주며 반복하고 또 반복했다. 그렇게 몇 시간이 흘렀을까, 남편의 손에서 미동이 느껴졌다.

처음에는 감각이 둔해진 내 손이 일으킨 착각인 줄 알았다. 하지만 착각이 아니었다. 남편의 손은 꼼지락 꼼지락 움직이기 시작했다. 이 반응이 신기루처럼 사라져버릴까 봐 나는 손가락 아픈 줄도 모르고 더 열심히 쥐었다 폈다를 반복했다. 그럴수록 남편이 스스로 움직이는 힘도 강해지는 것 같았다.

드디어 남편의 손의 힘이 점점 더 강해져서 스스로 쥐었다 펼 수 있게까지 되었다. 손의 감각이 깨어나자 다른 신체부위의 감각도 깨어나기 시작했다. 누운 상태에서 다리를 굽혔다 폈다 할 수도 있게 되었다. 작업치료사와 물리치료사가 매일 손과 다리의 재활치료를 해준 것이 큰 도움이 됐다.

굳어 있는 근육을 풀기 위해 피부에 잘 맞는 호호바 오일로 아로마세러피도 시작했다. 전기 아로마램프에 유칼립투스와 박하향을 피우고 마시지 오일을 발끝에서부터 머리 순서로 천천히 마사지했다. 또 면역력을 높인다는 티트리(tea tree)와 편안한 잠을 유도하는 라벤더를 섞어서 몸에 발라주었다. 늪지대에서 자라는 티트리는 허브의 한 종류로 '부활'의 의미가 있는데, 생명력이 강해 줄기를 잘라내도 잘 자란다고 한다. 티트리 오일을 온몸 구석구석 꼼꼼히 바르면서 남편의 신경이 되살아나기를 바랐다.

그래도 아직까지는 조금씩 움직이는 정도이지 스스로 몸을 가누지는 못했다. 혼자서는 일어서지도 휠체어를 탈 수도 없어서 화장실을 가는 것도 자유롭지 못했다. 남편은 화장실에 가는 것까지 간호사나 내 도움을 받아야 하는 자신을 부끄러워했다.

언제는 간호사가 관장을 하자고 하자 남편은 절대로 그럴 수 없다고 버텼다.

"그런 모습을 다른 사람에게 절대로 보이지 싫지 않아. 너에게도 절대로!"

남편은 부끄러움이 굉장히 많은 사람이다. 결혼 전에는 물론이고 결혼한 후에도 내 앞에서 방귀조차 뀐 적이 없다. 내 앞에선 옷도 갈아입지 않았고 목욕을 하는 동안에는 문을 꼭 걸어 잠갔다. 반면 나는 욕실에 옷을 가지고 들어가지 않았을 때는 목욕 후에

"지나갈게" 하고서 벗은 채로 남편 앞을 지나 방으로 들어갔다. 그럴 때마다 남편은 자기가 더 부끄러워서는 "빨리 옷 입어"라며 얼른 고개를 돌렸다.

관장하기를 거부하던 남편은 나이 많은 간호사가 오고서야 허락을 했다. 누군가에게 그 모습을 보였다는 사실만으로도 많이 부끄러운 모양이었다.

관장할 때는 무척이나 불편해하더니 이 일이 오히려 전화위복이 되었다. 부끄러움을 견디기 힘들었던 남편은 '기필코 혼자서 화장실에 가고야 말겠다'는 각오를 다졌고, 입원 후 2주가 지났을 즈음에는 혼자 휠체어를 타고 화장실에 갈 수 있게 되었다.

박람회 일정으로 닷새 만에 병원을 찾으니 본격적인 재활치료가 이미 시작되어 있었다. 뇌와 손가락 재활에 도움이 되는 나무 쌓기를 하고 있었는데 남편에겐 그 간단한 작업도 쉽지 않아 보였다. 견본을 이해하지 못해 한 가지 과제를 수행하는 데도 굉장히 오랜 시간이 걸렸다. 스스로도 왜 안 되는지 모르는 것 같았다.

제일 재미있어 한 것은 점토였다. 점토를 반죽하고 있을 때 선생님께서 "퇴원하고 나서 재활치료를 겸해 빵을 만드는 분이 많다"고 하셨다.

다음날부터 보행기와 봉을 이용해 걷는 연습도 시작했다. 보행

기는 아기가 사용하는 것과 같지만 어른용으로 좀 더 크게 나온 것이다. 감각이 다 회복되지는 않았지만 운동선수라서 그런지 금방 보행기에 의지해 걸을 수 있게 되었다.

걷는 연습 삼아 둘이서 병원 여기저기를 다녔는데 내가 세탁실에 갈 때면 남편은 무슨 일이 있어도 나를 따라왔다. 내가 세탁물을 가지고 병실을 나서면 보행기를 잡고 남편이 뒤를 따라왔다. 세탁이 끝날 쯤에 다시 가서 빨래를 건조기에 넣어야 하는데 그 때도 따라왔다. 건조에는 시간이 걸리기 때문에 도중에 몇 번이나 동전을 다시 넣어야 하는데 그 때마다 빼놓지 않고 남편은 세탁실로 나를 따라왔다. 병원에 있으면서 가장 생기가 넘치는 시간이있다.

남편은 예전부터 집안일을 잘했다. 나도 집안일이라면 누구 못지않다고 자부하고 있었다. 엄마는 할아버지와 할머니 간호를 위해 오랫동안 집을 떠나 있었다. 그래서 나는 아버지와 남동생 둘과 살았다. 가족들이 도와주긴 했지만 집안일의 대부분은 내 차지였다. 그런데 남편은 나와 수준이 달랐다. 요리도 청소도 세탁도 척척 해냈다. 쓰레기 분리 리스트를 완벽하게 파악하고 있었고 쓰레기 버리는 날짜에 맞춰 쇼핑을 했다. 선수가 되기 전 호텔 청소 일을 할 때 가장 빨리 일을 마치는 아르바이트생이었다는데, 남편의 그 말을 나는 조금도 의심하지 않는다.

여기까지는 남자가 집안일을 잘한다는 사실에 신선하기는 해도

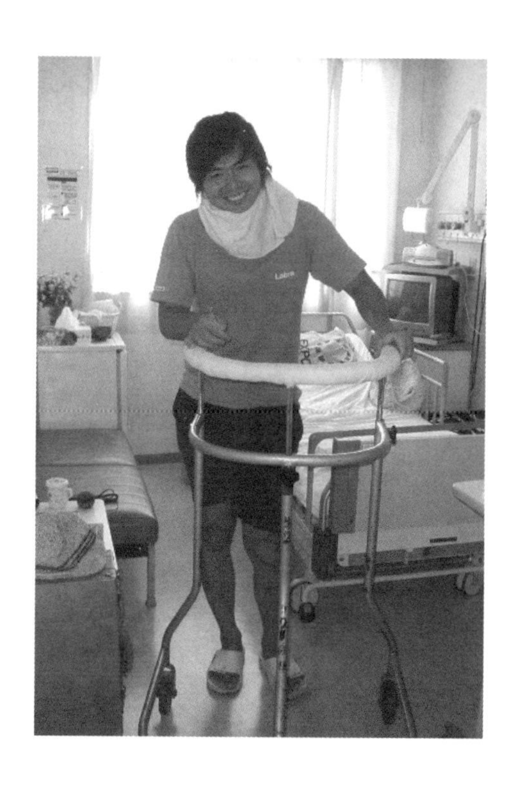

놀랍지는 않을 것이다. 집안일을 잘하는 사람은 얼마든지 있다. 그런데 남편은 잘했을 뿐만 아니라 즐기기까지 했다. 청소를 하면서, 요리를 하면서, 설거지를 하면서 콧노래를 불렀다. '세상에! 집안일이 저렇게 즐거운 것이었나?' 하는 생각이 들 정도였다. 남편 덕분에 집안일은 우리의 즐거운 공동 작업이 되었다.

표현을 하지는 않았지만 남편은 세탁실을 함께 가는 것으로 우리의 공동 작업을 이어가고 싶었던 것이 아닐까? 결혼할 때 자신의 약속을 지키고 싶었던 것은 아닐까? 프러포즈는 대개 약속의 형태를 띠기 마련이다. 남편은 두 가지 약속을 했는데 그중 하나가 "집안일을 완벽하게 해내겠습니다"였다.

남편은 사고 이전까지 자신의 약속을 '완벽하게' 지켰고, 사고 이후에도 그 약속을 지키기 위해 노력했던 것이다.

9월 8일, 남편을 휠체어에 태우고 병원 앞에 있는 공원에 갔다. 바깥 공기를 쐬게 해주고 싶어서였다. 사고 이후 우리가 함께 한 첫 번째 외출이었다. 바람, 하늘, 풀, 나무, 공기… 모든 것이 너무나도 상큼했다. 남편은 바람을 맞으며 기분 좋은 표정으로 태양을 바라보았다. 돌아오는 길에는 쇼핑몰에 들러 흰색 물뿌리개와 바구니, 앙증스러운 작은 꽃이 핀 화초를 샀다.

병실로 돌아오니 남편이 목욕을 하고 싶다고 했다. 여름이라

가벼운 산책만으로도 땀이 났다. 평소 남편은 하루에도 몇 번씩 샤워를 했었다. 훈련을 하다가 잠시 쉴 때도 어김없이 샤워를 했었다. 몸을 깨끗하게 하지 않으면 찝찝하다는 것이 이유였다. 그런 사람이 병원에서 며칠씩이나 샤워를 하지 못했으니 오죽 찝찝했을까. 휠체어에 앉은 채로 세면장에 가서 스팀 타월로 몸을 닦고 머리를 감겼다. 수건으로 물기를 닦아내고 드라이어로 말리니 더 없이 상쾌한 표정을 지었다.

"미용실에 온 것 같아."

병원에서 나오는 차가 별로 맛이 없어 미리 사두었던 비타민C가 풍부한 로즈힙과 다시마를 분말로 만든 다시마차, 감잎차, 유자차, 위와 장의 움직임을 진정시켜준다는 레몬그라스를 준비했다. 그리고 사왔던 화초를 창가에 가지런히 놓았다.

회진 시간이었다. 회진 온 의사 선생님은 화분과 책이 진열되어 있고 아로마 향이 나는 병실은 없다며 이렇게 말했다.

"이 병원에서 이 방만 다른 세상 같네요."

그 순간 예전의 기억이 떠올랐다. '연습 강박증' 때문에 몸이 상하는 것을 보고 그대로 둬서는 안 되겠다는 생각이 들어 아파트 복도에 평상과 화분을 놓고, 차를 마실 수 있는 공간을 만들고, 허브와 꽃을 심었던 기억…. 그리고 생각났다. "이 아파트에서 이 집만 특별히 좋아 보여"라는 친구의 말이….

planted
junk

해약된 보험

더디기는 해도 남편의 상태가 조금씩 나아지자 그 때까지 까맣게 잊고 있었던 일이 생각났다. 남편은 오래 전에 보험에 가입되어 있었다. 프로 경륜 선수가 되고 나면 보험에 가입하기 어렵다. 운동선수는 사고를 당할 위험이 보통 사람들보다 훨씬 높기 때문이다. 가입을 거절당하는 경우도 많고, 혹시 가입했다고 해도 보험료가 비싸다. 그래서 경륜 선수는 프로가 되기 전에 보험에 가입한다. 남편 역시 프로가 되기 전에 보험에 가입해 있었다.

보험이 생각나자 걱정의 무게가 절반으로 줄어들었다. 보험금만 받으면 한시름 놓을 수 있을 것 같았다. '이제 남편의 재활에만 신경을 쓰면 된다'. 나는 기쁜 마음으로 보험회사에 전화를 걸었다.

“타이라 미즈키 씨는 이미 당사 상해보험을 해약하셨습니다.”

내 귀를 의심하지 않을 수 없었다.

“네? 해약이요?”

머릿속이 하얘졌다. 남편의 이름을 다시 말하고 확인을 부탁했지만 보험은 분명히 해약되어 있었다.

어떻게 된 일인지 자세히 알아보니 남편의 부주의함 탓이었다. 사고가 나기 얼마 전 다른 보험회사의 영업직원이 경륜장으로 남편을 찾아왔다. 상품 설명을 들은 남편이 ‘이 보험이 더 낫겠다’고 생각해 새로운 보험에 가입할 요량으로 기존에 가입되어 있던 보험을 해약해버린 것이었다. 그래서 새로 가입하기로 한 보험회사에 전화를 했는데 오히려 실망만 더 커졌다.

“타이라 미즈키 씨가 보험 가입을 하신 건 맞지만, 3년 이내에 입원 경력이 있어서 심사를 통과하지 못했습니다. 죄송합니다.”

집을 짓느라 모아놓은 돈은 다 써버렸고 주택융자가 35년이나 남아 있었다.

‘해약만 하지 않았어도, 조금만 신중했더라면, 그 때 보험회사의 영업직원이 찾아오지 않았더라면…’

남편이 원망스러웠다.

‘나하고 상의라도 좀 하지. 나보고 어떻게 하라고.’

막막하고 멍한 기분으로 수화기를 내려놓고 그 자리에 한참을 서서 중얼거렸다.

"보험 해약은 다음 보험에 제대로 가입하고 나서 할 것."

이 말이 무슨 주문이라도 되는 양 몇 번을 되뇌었는지 모른다.

탕! 탕! 탕! 내 마음이 울리는 소리

9월 초, 남편의 상태가 많이 안정되어 일도 할 겸 해서 며칠 동안 카마쿠라 집에서 지냈다. 의뢰받은 일은 모델 일이었는데 카메라맨이 '얼굴에 생기가 없다'고 짜증을 냈다. 병원 생활이 길어지면서 지치기도 했지만 보험 해약의 충격에서도 벗어나지 못하고 있던 터라 얼굴색이 좋을 리 없었다. 그래도 힘을 내야지 하고 있던 차에 전화벨이 울렸다. 남편이었다. 그는 내가 지금 일하고 있는지, 전화를 받을 수 있는 상황인지도 묻지 않고 다짜고짜 이렇게 말했다.

"아무도 만나고 싶지 않아. 아무도 오지 않으면 좋겠어. 그러니 당신도 이젠 병원에 오지 마. 혼자 생각해볼래, 내 장래에 대해서.

부상을 당하는 것도 이젠 지긋지긋해. 차라리 유학 가서 다른 일을 배우는 게 나을 것 같아."

마지막 말을 할 때는 힘을 주며 소리치듯 말했다. 가뜩이나 힘든데 그의 말을 들으니 몹시 서운했다. 나는 한 번도 우리 둘을 따로 생각해본 적이 없는데… 남편을 병원에 두고 나오는 발걸음이 떨어지지 않았지만 많지 않은 돈이나마 벌어야 한다는 생각에 싫은 소리까지 들어가며 일하고 있는데….

서운한 마음만 있었던 것은 아니다. 서운함의 깊이만큼 안타까운 마음도 컸다. 남편이 왜 그런 말을 하는지 이해되었다. 더딘 회복세는 누구보다 본인이 제일 답답할 것이다. 그래서 '유학'을 떠올릴 정도로 현실에서 벗어나고 싶은 마음에 그렇게 소리친 것이다.

며칠 뒤 다시 병원으로 돌아갈 때까지 내 마음에는 여전히 서운함과 안타까움이 얹혀 있었다. 거기다 의사로부터 '경륜 선수로서의 남편의 인생은 더 이상 희망이 없다'는 말도 들었다. 의사가 회진할 때 나는 물었었다.

"선생님, 남편이 경륜 선수로 다시 복귀할 수 있을까요?"

"복귀요? 이렇게까지 회복한 것만으로도 행운입니다. 평생 누워서 지내는 사람이 대부분입니다. 선수로 복귀할 생각은 안 하시는 게 좋을 것 같습니다."

하지만 나는 남편의 선수 복귀의 꿈을 포기하지 않았다. 경륜은 남편의 인생 그 자체였다. 절대로 포기할 수 없는 것이었다.

남편은 그림 그리는 것을 좋아했다. 좋아하는 그림을 그리게 하면 손아귀 힘이 더 빨리 돌아오지 않을까 해서 색연필과 노트를 병실에 두고 그림 그리는 일을 시도했다. 남편은 아직 색연필을 제대로 쥐지도 못하는데, 마음에 여유가 없던 나는 서두르고 말았다.

"자, 어디 한번 그려볼까?"

내켜하지 않는 남편의 손에 억지로 색연필을 쥐어주었다.

탕! 탕! 탕!

남편의 손에서 미끄러진 색연필은 테이블 위를 또르르 굴러 병실 바닥에 떨어졌다. 몇 번이고 쥐어주었지만 색연필은 그 때마다 탕, 탕, 탕 소리를 내며 바닥에 떨어졌다. 색연필이 떨어질 때마다 내 마음속에서는 무슨 거대한 물체가 떨어지는 것처럼 큰소리가 났다. 조마조마한 내 마음이 울리는 소리였다.

탕! 탕! 탕!

"집어치워! 그림 같은 거 못 그린다니까!"

몇 번 참던 남편이 결국 소리를 질렀다. 그렇다고 이대로 포기할 수는 없었다. 나보다는 남편이 먼저 지치기 쉽고 그러면 포기하기도 쉽다. 건강한 내가 지치지 않고 포기하지 않고 남편이 트랙을 다시 질주할 때까지 남편을 돌봐야 한다. 남편의 손에 다시 색연필을 쥐어주고 내 손을 포개어 연필을 잡았다. 잠깐 그리다가 손을 놓으면 색연필은 또 바닥으로 떨어졌다. 탕! 탕! 탕! 다시 연필을 주워 남편의 손에 쥐어주었더니 "이딴 거, 필요 없어!"라고 화를 내며 색연필을 집어던졌다.

마음이 아팠다. 남편이 내게 소리를 질러서가 아니었다. 사고 이전에는 단 한 번도 큰소리를 내지 않던 사람이었다. 얼마나 답답했으면 소리를 질렀을까. 남편의 큰소리는 감당할 수 없는 절망이 입으로 터져나온 것이나 다름없었다.

이틀 후 나는 아이치 만국박람회 폐막식 이벤트를 위해 아이치 현으로 갔다. 현장에서 분주하게 행사를 준비하고 있는데 휴대폰 메시지 벨이 울렸다. 남편이 보낸 문자였다.

문자를 확인하니 글자는 하나도 없고 사진 한 장만 실려 있었다. 박람회의 마스코트인 '모리조'와 '깃코로'가 사이좋게 웃고 있는 그림이었다. 색연필도 잘 잡지 못하는 손으로 그림을 그리려고 얼마나 오랫동안 많은 노력을 했을까. 색연필은 또 얼마나 많이 떨어뜨렸을까. 사진을 찍고 한 번도 해보지 않았던 사진 첨부를 하려고 얼마나 오랫동안 휴대폰과 씨름했을까. 남편의 마음이 느껴져 눈시울이 붉어졌다.

드디어 걸었다!

일주일 동안의 일을 마치고 병원으로 돌아오는 내내 나는 휴대폰으로 받은 그림 이야기를 할 생각에 들떠 있었다. 그런데 병실에 들어서자마자 남편이 나를 멈춰 세우며 외쳤다.

"거기서 잘 봐!"

남편은 나보다 더 흥분해 있었다. 무슨 일인가 하고 봤더니 거짓말처럼 혼자서 침대에서 일어나 벽을 짚고 섰다. 이것만 해도 놀라운 일인데, 벽에서 손을 뗐다! 그리고 한 발, 두 발, 세 발. 걸었다, 남편이 걸었다. 남편이 혼자서 걷고 있다!

"이럴 수가! 혼자서 걸었어! 혼자서 걸었어!"

너무나 놀랍고 감동스러워 눈물이 났다. 고작 세 걸음뿐이었지만 이 이상 기쁠 수가 없었다. 혼자서 걷기는커녕 영영 못 일어나게 될지도 모른다는 의사의 말을 들은 지 딱 한 달 만에 일어난 기적이었다.

"부인께서 안 계신 동안 열심히 걷는 연습을 했어요."

옆 병상의 여자 환자가 말해주었다. 다른 환자들도 함께 축하해주었다.

나는 아이에게 걸음마를 시키듯 남편의 손을 잡고 '하나, 둘, 셋, 넷' 구령을 붙여가며 병실 안을 천천히 돌았다. 아직 아기처럼 비틀거렸지만 남편은 열심히 걸었다. 잠깐 걸었을 뿐인데 남편은 땀을 뻘뻘 흘렸다.

그러고 보니 침대 옆에 노트가 있었다. 내가 색연필과 함께 두고 간 노트였다. 첫 페이지에는 숲속에 지은 집과 새가 그려져 있었다. 다음 페이지에는 해바라기, 물뿌리개, 요리 레시피가 있었다. 많은 빈 페이지를 사이에 두고 마지막 페이지에는 '협력', '일심(一心)'이라는 글자가 숨겨놓은 꿈처럼 적혀 있었다.

그 날 우리는 외출도 했다. 남편의 경우 걸어서 가는 것은 아직 무리여서 휠체어를 탔다. 병원 옆에 있는 빵집에도 가고 내친김에 슈퍼마켓에도 들렀다. 실은 병원 바로 앞까지만 가는 것으로 외출 허락을 받고 나왔지만 오랫만에 슈퍼마켓을 꼭 구경시켜주고 싶었다. 아니나 다를까, 남편은 슈퍼마켓에 들어서자마자 얼굴이 환히 빛나고 눈에는 생기가 넘쳤다. 남편이 다치기 전에 우리는 함께 슈퍼마켓에 가는 일을 즐겼었다. 물건을 많이 사지는 않았다. 그냥 둘이서 물건을 구경하는 게 좋았다.

실컷 구경을 한 다음에 병실로 돌아왔다. 슈퍼마켓 구경에 대한 설렘이 채 가시지 않아 남편은 병실에 돌아와서도 눈이 초롱초롱 빛났다.

'장시간' 외출이 피곤했는지 남편은 침대에 눕자마자 잠이 들었다.

이틀 뒤부터 본격적인 보행 훈련이 시작되었다. 여전히 똑바로 걷지 못해 벽에 자주 부딪혔다. 재활치료사가 남편이 걷는 모습을 유심히 지켜보더니 플라스틱 구슬을 붙여보자고 했다. 내 눈으로 보지 않았다면 나도 거짓말이라고 했을 텐데, 뒤꿈치에 납작한 구슬을 붙이자 신기하게도 똑바로 걸을 수 있게 되었다. 치료사도 자기 처방이 효과를 보이자 기뻐하며 비디오로 기념 촬영을 했다.

병원 계단과 복도 난간 손잡이를 잡고 걷는 연습을 하고, 동료 선수가 가지고 온 못 쓰는 자전거 튜브를 침대에 묶어 손과 발로 당기는 훈련도 시작했다.

내 건강에도 신경을 쓰느라고 썼는데 언젠가부터 속이 편치 않

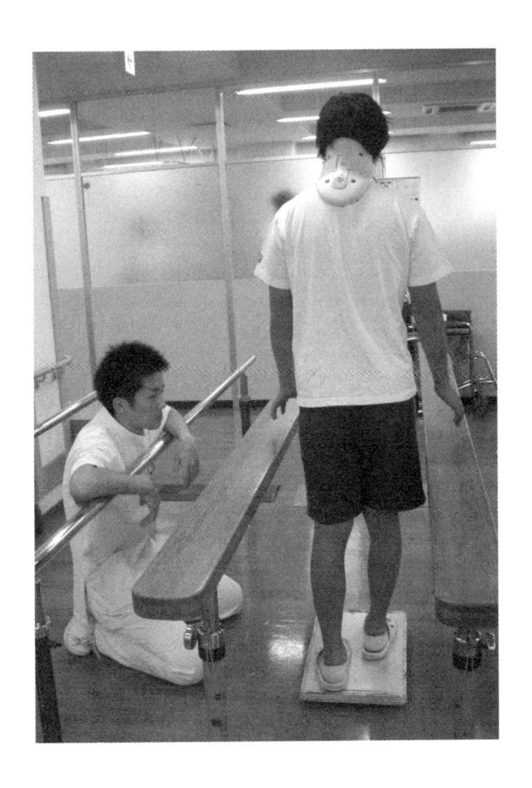

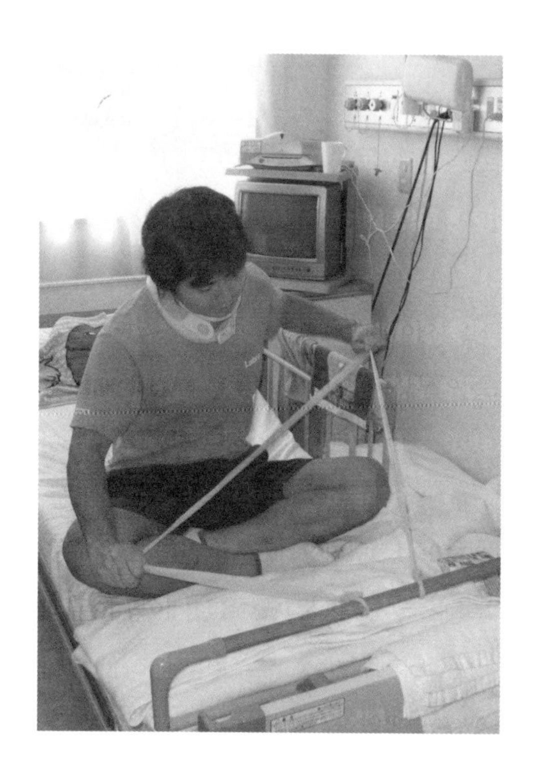

았다. 처음에는 속이 거북한 느낌이더니 통증이 느껴지기 시작했다. 혹시나 싶어 위내시경과 대장내시경 검사를 받고 위장약을 받았다.

그 와중에 남편의 담당의사를 만났는데 뜻밖의 말을 했다.

"병원비 문제도 있으니 이젠 퇴원하시는 게 좋지 않을까요? 경륜협회도 재정난을 겪고 있는 것 같고…."

일본의 경륜협회에는 경륜 선수가 입원을 하면 최소한의 생활을 보장하는 생활보조금과 의료보조금 제도가 있다. '그것 때문에 매번 상금을 탈 때마다 공제를 하고 있잖아요!' 라고 의사에게 따지고 싶었지만 애써 참았다. 어차피 병원을 옮기는 문제를 고민하고 있던 차였다. 재활 전문 병원이 아니니까 재활치료를 받는 것에도 한계가 있었다. 얼마 전 재활치료사의 진심 어린 조언도 생각이 났다.

'시설이 잘 갖춰진 다른 병원에서 재활치료를 받는 것이 타이라 씨를 위해서 좋을 것 같아요.'

그 길로 나는 집에서 가까운 카나가와 현에 있는 병원을 알아보기 위해 사회복지사를 찾아가 상담했다.

"카나가와에 대해서는 잘 모릅니다."

알고 있으면 좋았겠지만 모를 수도 있는 일이다. 그러면 '잘 모르지만 알아봐주겠다'는 대답을 해야 하는 것 아닌가. 마음속에서는 분노와 서운함이 들끓었지만 '모르니 어쩔 수 없다'며 버티는 사회복지사와 씨름하느니 내가 직접 찾는 게 낫겠다는 판단을 했다.

그 날부터 나는 인터넷으로 척수 손상과 경수 손상 치료를 잘하는 재활 전문 병원을 찾았다. 하지만 마음에 드는 병원을 찾는 것은 쉽지 않았다. 어쩌다 조건에 맞는 병원이 있어도 병실이 없어서 입원이 불가능하다는 대답만 돌아왔다. 마땅한 방법을 찾지 못해 난감해하고 있는데 친한 선배가 좋은 의사가 있다는 병원을 소개시켜주었다. 마침 카나가와 현에 있는 병원이라서 그 곳으로 옮기기로 결정했다.

"병원 복도는 평평하니까 여기보다는 밖에서 걷는 연습을 하는 것이 재활에 도움이 될 거예요."

재활치료사의 말에 처음으로 밖을 걸었다. 남편 옆에서 걷다 보니 일반 도로의 경사가 심하고 울퉁불퉁하다는 사실이 절실한 문제로 다가왔다. 남편은 얼마 걷지 못하고 휠체어를 타야 했다.

"이렇게나 체력이 떨어졌구나."

혼잣말을 하는 남편의 얼굴이 새하얗게 질려 있었다.

"함께 돌아오니 좋다"

10월 8일 토요일, 한 달 반 정도 머물렀던 병원에서 퇴원했다. 새로운 병원에 입원하기 전에 잠시 집에서 머무르기로 하고 일단 귀가 길에 올랐다. 마음 같아서는 한달음에 달려갈 수 있을 것 같은데 그 길은 멀고도 멀었다.

나는 왼손에는 수트케이스를 어깨에는 큰 스포츠백을 메고, 오른손으로는 남편의 손을 잡고 역으로 향했다. 보통 사람들에게는 평범하고도 평범한 길, 걸어서 10분밖에 걸리지 않는 길이지만 남편에게는 암벽만큼이나 힘든 길이었다. 암벽 등반가들이 한 발을 내딛을 때마다 혼신의 힘을 기울이듯 남편도 한 걸음 한 걸음 뗄 때마다 절벽에 서 있는 사람처럼 힘들어했다. 그 모습이 너무 안쓰러워 잠시 카페에 들렀다. 둘이서 카페에 가는 게 얼마만인지…. 우리는 천천히 차를 마시고 다시 역으로 향했다. 역에 도착했을 때 우리는 땀범벅이 되어 있었다. 남편은 힘이 들었고 나는 긴장한 탓이었다.

전차에 자리가 없었는데 목보호대를 하고 안색까지 좋지 않은 남편을 보고 어떤 분이 친절하게 자리를 양보해주셨다. 작은 친절이 그토록 고마웠던 적은 없었다.

사이타마 현에 있는 역에서 집으로 가자면 우에노 역에서 전차를 한 번 갈아타야 한다. 갈아탄 전차에서 우리는 빵을 먹었다. 남편이 먹고 싶다고 해서 역 구내에 있는 빵집에서 산 것이었다.

시간이 지날수록 익숙한 풍경이 다가왔고 덩달아 내 가슴도 두근거렸다.

집 앞에 섰을 때 남편은 많이 지쳐 보였다. 하지만 나는 '드디어 남편과 돌아왔구나' 하는 안도감이 들었다. 그제야 내가 얼마나 이 순간을 기다려왔는지, 이 순간이 오지 않으면 어쩌나 하는 두려움에 떨어왔는지 알게 되었다.

'잘 다녀오셨어요?'라고 집이 남편에게 인사하는 것 같았다. 남편은 마치 그 인사를 실제로 듣기라도 한 양 화답을 했다.

"다녀왔습니다. 잘 있었어?"

먼저 정원에 있는 식물들에게 인사를 했다. 우리가 가장 행복했던 시간에 함께 심은 식물들이었다. 하나하나 돌아보며 인사를 하던 남편의 시선이 수박에 이르자 한참 동안 멈췄다. 남편이 정성을 다해 키우던 수박이었다. 마지막 경기에 출전하기 전, 남편은 수박을 보며 '곧 따도 되겠다' 며 흐뭇한 미소를 지었었다. 그러나 수확 시기를 놓친 수박은 금이 가 있었고 땅에 닿은 부분은 이미 누렇게 썩고 있었다.

"못 먹게 됐네. 이 수박, 먹고 싶었는데…."

무척이나 실망스러워하던 남편의 얼굴이 현관에 들어서자 활짝 밝아졌다.

"아~ 나무 냄새 좋다. 역시, 내 집이 최고야. 정말 그리웠어."

남편은 둘이서 칠한 규조토벽을 만지며 기쁨을 감추지 못했다. 남편은 2층 베란다에서 숲을 바라보며 심호흡을 했다.

"집에 오니까 마음이 가벼워지고 몸도 편해지는 것 같아. 공기가 전혀 달라."

모처럼 편안해하는 남편에게 처음으로 사고가 났을 때의 일을 조심스럽게 물었다.

"사고 났을 때, 기억해?"

"별로 기억이 안 나. 뒷바퀴가 갑자기 멈춰서 슬로모션처럼 바닥으로 떨어졌어. 떨어지고 나서의 일은 기억나지 않아. 눈을 떠

보니까 병원 천장이 보였고. … 근데 눈을 감고 있는데도 누가 옆에 있는 것 같았어. 그리고 전신에 통증이 왔고 몸이 무겁다는 생각이 들었어. 몸이 두터워진 것 같고 손이 저려서 쥘 수도 없고 감각도 없었어. 빨리 집에 가고 싶었고 복귀하고 싶다는 생각밖에 없었어."

다시 입원할 때까지 우리는 집에서 시간을 보냈다.

가혹한 현실

새로 입원한 병원은 현 내에서는 꽤 유명한 재활 전문 병원이었다. 입원한 환자들은 모두 젊고 활기찼으며, 환자복보다는 체육복을 입은 사람들이 더 많아 보였다. 부상당한 운동선수들이 많이 이용하는 병원이기 때문인지 병실 분위기는 마치 운동부 합숙소 같았고 복도는 트랙 같았다. 상반신을 단련시키기 위해 휠체어를 타고 전력 질주하는 환자들도 있었다.

1층 체육관을 들여다보니 '여기가 진짜 병원인가?' 하는 생각이 들 정도로 시설이 잘 갖춰져 있었다. 환자들도 재활치료를 받고 있다기보다는 트레이닝을 하는 것처럼 땀에 흠뻑 젖어 운동을 하고 있었다. 남편도 전에 있던 병원과는 전혀 다른 분위기에 놀라면서도 활기찬 분위기를 마음에 들어하는 것 같았다.

한 가지 더 좋은 점은 병원 1층에 빵집이 있다는 것이었다. 덕분에 매일 갓 구운 빵을 맛볼 수 있었다. '이렇게 시설이 좋고 환자들도 활기차고, 게다가 빵집까지 있는 병원이라면 남편을 낫게 해줄지도 몰라'라는 희망이 저절로 생겼다. 병실에 짐을 부려놓고 몇 가지 검사를 받을 때도 '어쩌면 이전 병원에서 오진이 있었거나 혹은 알지 못한 획기적인 치료법을 여기에선 알고 있지 않을까?' 하는 막연한 기대를 품기도 했다. 그러나 현실은 가혹했다.

"경수, 척수에 손상이 보이고 울혈이 있습니다. 이 부분이 심하게 손상된 부분입니다."

엑스선 사진과 MRI 화면을 보니 분명 검은 그림자가 보였다. 내가 간절하게 말했다.

"선생님, 가능하면 경륜 선수로 복귀시키고 싶은데요…."

"이 정도까지 회복된 것만도 기적 같은 일입니다. 사진에서도 보이듯이 손상 정도가 상당히 컸어요. 그대로 호흡이 멈춰버릴 수도 있었습니다. 보통은 평생 누워서 살아가는 경우가 대부분인데 타이라 씨는 운이 좋았던 겁니다. 복귀는 무리입니다."

하지만 우리 머릿속에는 여전히 '복귀'라는 두 글자가 선명히 자리 잡고 있었다. 복귀 외에는 아무것도 생각할 수 없었다.

입원 수속을 마친 뒤 나는 남편이 이전부터 이용하던 전문가용 자전거 매장에 가서 새로운 경기용 자전거를 주문했다. 남편이 좋아하는 오렌지색으로 샀다. 사고를 당했을 때도 같은 색의 자전거를 타고 있어서 이번에는 오렌지색이지만 조금 부드러운 톤으로 선택했다.

"자전거 주문하고 왔어, 오렌지색으로. 빨리 복귀해서 새 자전거 타야지."

자전거 가게에서 받아온 견본을 보여주니 남편의 눈빛도 의욕으로 가득 찼다.

"그럼! 재활치료 열심히 받아서 빨리 복귀해야지."

새로운 병원에는 다리 근력을 회복시키는 부하(負荷) 트레이닝과 상반신을 단련시키는 바벨, 밸런스볼 등 다양한 재활훈련 코스가 있었고 각 코스마다 전문가가 직접 지도하고 있었다. 또 이전 병원과는 달리 재활훈련를 받는 시간에 제한이 없어서 원할 때까지 치료를 받을 수 있었다.

악력을 기르기 위해 파친코 구슬을 하나씩 옮기는 훈련도 했다. 구슬을 몇백 개나 옮기는 것은 정신과 육체 모두 매우 힘든 작업이다.

"이게 뭐에 도움이 되는지 모르겠어. 로봇도 아니고. 더 재미있는 일이면 좋겠는데…."

구슬 옮기기는 재활훈련 중 유일하게 남편이 불평을 하는 것이었다. 입으로는 짜증을 내면서도 구슬을 옮기는 손은 멈추지 않았다. 남편은 마치 내일 경기가 있는 선수처럼 재활훈련에 매달렸다.

"근육통이 생겼어."

남편은 재활훈련을 받다가 생긴 근육통이 큰 선물이라도 되는 듯 기뻐했다. 그렇게 열심히 재활치료를 받은 덕분에 몸의 오른쪽 근육은 예전의 3분의 1 정도까지 회복되었다. 계속 훈련을 한다면 예전과 같은 상태가 되지 말라는 법도 없었다.

문제는 왼쪽 몸의 마비가 아직 남아 있다는 것이다. 제대로 힘을 쓸 수가 없어 물건을 쥘 수가 없었다. 오른손은 훈련을 하면 그만큼 회복되는 기미가 보이는데 왼손은 더 열심히 훈련해도 아무런 변화가 없었다. 처음에는 훈련에 열성적이던 남편도 조금씩 실망하기 시작했다.

10월의 어느 날, 병원에 가니 남편이 소리를 질렀다.

"집에 돌아가!"

"뭐, 뭐라고?"

"집에 돌아가라고!"

"왜? 왜 그러는데?"

이유를 물어도 대답이 없었다. 화가 많이 나 있는 것 같아 어쩔 수 없이 집으로 돌아왔다. 남편이 소리를 지르거나 막무가내로 나올 때는 낯선 사람 같아 힘들다.

집에서 답답한 마음을 달래고 있는데 전화벨이 울렸다. 남편이었다.

"아까는 미안했어. 내가 잘못했어. 스트레스가 쌓여서 어떻게 됐었나봐. 걱정되고 불안해서…. 어제부터 왼쪽 다리의 경련이 심해졌어."

다음날 남편을 위로하기 위해 닭고기튀김 도시락을 만들어 예쁜 보자기에 싸서 갔다. 남편을 병원 바로 앞에 있는 공원 벤치로 데리고 나와 도시락을 같이 먹었다.

"음~ 맛있다!"

도시락 이야기로 말문을 연 남편은 힘겹게 말했다.

"어젠 나도 어떻게 하면 좋을지 몰라서 그랬어. 내가 어떻게 됐었나봐. 정말 미안해."

남편은 깊은 한숨을 내쉰 뒤 말을 이었다.

"앞으로 난 어떻게 하면 좋을까?"

언제나 당당하던 남편의 어깨가 축 처지고, 남편은 연신 깊은 한숨을 내쉬었다.

안타깝고 가여웠다. 병원을 바꾸고 재활치료가 계속되면서 물건을 잡거나 걷는 등의 몸의 운동 기능은 많이 회복되었지만 한편으로는 재활치료의 한계가 느껴지던 시기였다.

경륜밖에 모르던 남편 입장에선 지금의 생활과 상황이 너무나 가혹할 수밖에 없었다. 불안함을 느끼는 것도 당연했다. 나는 매일 매일 남편을 위로하고 격려했다. 남편 역시 의지와 낙담 사이를 오가며 재활치료를 계속했다.

계절은 여름에서 가을을 지나 초겨울로 접어들고 있었다.

EXPO

4장

새로운 삶

지루하고 초초한 날들

2005년 11월 29일, 남편은 두 번째 병원에서 퇴원을 했다. 사고가 난 지 3개월 만이다. 일상의 나날들이었다면 어떻게 지나가는지도 모르고 지냈을 시간인데, 몇 년이 흐른 것처럼 느껴졌다. 일상의 나날들이 실은 행복한 순간이라는 것을, 행복한 시간은 빨리 지나간다는 것을 그 3개월 동안 가슴 깊이 깨달았다.

남편은 부축 없이 혼자 힘으로 집으로 돌아왔다. 걸어서 집으로 돌아오겠다는 목표는 이뤘지만 우리가 기대한 걸음으로는 아니었다. 왼쪽 몸에 마비가 그대로 남아 있어 지팡이를 짚어야 했다. 마비 외에도 다른 사고후유증도 여전했다. 이마에 전기가 흐는 것 같고 어지러워 죽겠다며 수시로 두통을 호소했고, 날씨가 좋지 않으면 그 전날부터 서 있는 것조차 힘들어하면서 침대에 누워버리곤 했다.

집에 돌아와서는 아무것도 할 수 없는 무기력한 날이 계속되었다.

"빨리 연습해야 하는데…, 복귀해야 하는데…."

남편은 천장을 보고 누워서 신음하듯 말했다. 마음은 급한데 몸이 말을 듣지 않으니 답답할 따름이었다. 좋아질 거라는 나의 말도 전혀 위로가 되지 않는 것 같았다.

어떻게 해야 될지 모르는 날들이 이어졌고 어느새 2006년이 되었다.

빵으로 다시 시작하자

새로운 해가 시작되면 기대에 찬 계획을 세우기 마련인데 우리는 어떤 계획도 세우지 못했다. 오히려 한 해가 지났다는 것 때문에 더 조급해졌다. 어떻게 해야 좋을지 매순간 고민했지만 뾰족한 방법이 떠오르지 않았다.

뭔가를 해야 한다고, 이대로 있어서는 안 된다는 생각이 간절했다. 뭘 하면 좋을까, 남편이 좋아하면서도 재활에 도움이 되는 것이 없을까 궁리하던 중에 '바로 이거다' 하고 떠오르는 것이 있었다. 점토! 병원에서 남편이 점토를 이용한 손가락 재활치료를 열심히 받던 모습이 떠올랐다.

점토 반죽 대신 밀가루 반죽을 만지는 남편의 모습이 상상되었다. 퇴원해서 재활치료를 겸해 빵을 만드는 사람이 많다는 의사의 말도 떠올랐다. 섬세한 작업을 함으로써 손끝의 움직임과 감각을 되살리고 순서를 기억하고 반복하는 것이 뇌 재활치료에도 도움이 되겠다는 생각이 들었다.

'빵을 만들어보자. 남편은 빵에 관심이 많으니까 재미있어할 거야. 분명 빵 만드는 일은 좋은 치료가 될 거야. 그래, 빵이다!'

내 생각을 이야기했더니 남편도 좋아했다.

퇴원하고 한 달 반이 지났을 즈음, 나는 빵 만들기를 가르쳐줄 선생님을 찾기 위해 인터넷으로 근처에 있는 제빵교실을 찾기 시작했다. 하지만 여자들만 받아주는 곳이 대부분이었다. 사정을 적은 내용과 함께 입회신청서를 이메일로 보내봤지만 번번이 거절당했다. 포기할까도 생각했지만 빵을 만들어보자는 이야기에 기뻐하던 남편의 얼굴이 떠올라 그럴 수 없었다.

더 이상 거절당할 제빵교실이 남아 있지 않았을 때쯤 전화를 받았다.

"꼭 저희 제빵교실에 오세요."

카마쿠라에 있는 한 제빵교실에서 제빵 수업에 참가해도 좋다는 연락이 왔다. 우리는 곧바로 제빵교실 선생님 댁을 방문했다. 그 분은 베이킹스쿨 이사직도 함께 맡고 계셨다. 선생님은 남편을 보더니 눈물을 글썽이셨다.

"여기까지 잘 견디셨네요. 제가 구운 빵인데 한번 드셔보세요."

선생님의 마음 때문에 빵이 더 달콤하고 따뜻하게 느껴졌다. 남편은 한 달에 한 번 선생님 댁에 가서 제빵 기술을 배우기로 했다.

남편이 처음 구운 것은 바움쿠헨이라는 케이크다. 사각형 나무 틀에 반죽을 한 겹 한 겹씩 열 겹을 균일하게 발라 구운 것이다.

"내가 만든 바움쿠헨 먹어 봐."

집에 돌아온 남편은 들떠 있었다. 부끄러운 듯 자랑하는 남편의 표정이 꼭 초등학생 같아 귀여웠다. 나는 바로 바움쿠헨을 잘라 입에 넣었다. 내가 지금까지 먹어본 바움쿠헨과는 비교할 수 없을 정도로 촉촉하고 맛있었다.

"어때? 맛있어?"

"응. 너무 너무."

"빵 만드는 일이 내 적성에 잘 맞는 것 같아. 집에서도 만들어 보고 싶어."

사고를 당한 후로 남편이 이렇게 의욕에 차 있는 모습은 처음이었다. 나는 바로 바움쿠헨 틀을 주문했다.

다음 수업이 있는 날 남편은 아침부터 너무 긴장을 하는 바람에 복통을 일으켰다. 그만큼 제빵 기술을 배우는 일은 남편에게 중요

한 일이었다. 잘할 수 있을까 걱정했는데, 돌아왔을 때 보니 얼굴이 좋았다. 막상 빵을 만들기 시작하자 집중이 되면서 저절로 긴장이 풀렸다고 했다.

이번 과제는 롤빵이었는데 가져온 걸 먹어보니 아주 맛있게 잘 구워져 있었다. 시간이 지나도 부드러운 맛이 그대로 살아 있었다. 남편이 처음 나에게 구워준 그 빵만큼이나, 아니 그보다 훨씬 더 맛있었다.

"힘은 들겠지만 앞으로는 우리만의 빵을 만들어보고 싶어."

"그래, 그게 좋겠어. 재료는 좀 더 몸에 좋은 걸 써서 우리만의 빵을 만들어보자."

"그래, 생각만 해도 신난다."

의욕에 찬 남편은 바로 그 날부터 귀여운 고양이가 그려진 노트에 재료와 빵의 상태에 대해 그때그때 느끼고 알게 된 것을 기록하기 시작했다. 나는 빵이 완성되면 디지털 카메라로 사진을 찍고 이름을 붙였다. 남편은 새로운 빵을 배우면 반복해서 연습하고 그다음 달까지 우리만의 빵을 완성시키는 것을 매달 목표로 삼았다.

빵에 대해 점점 아는 것이 많아지자 재료에도 신경을 쓰게 되었다. 밀가루는 빵의 특징에 맞춰 골라 썼는데 국산을 사용하기도 하고 식감이 좋고 잘 부푸는 캐나다산과 오스트리아산을 사용해보기도 했다. 백설탕과 그라뉴당을 사용하는 대신 황설탕과 꿀을 사용하기도 했다. 흑설탕과 황설탕은 생산지에 따라 제각각 특성이 달랐는데, 빵이 잘 발효되지 않거나 쓴맛이 강해 맞지 않는 경우도 있었다. 빵을 만드는 데 빼놓을 수 없는 소금도 처음에는 알갱이 형태의 천일염을 사용하다가 파우더 형태로 바꿨다. 소량만 사용하는 잼도 과일을 사와 직접 만들었다.

우리는 빵 만드는 일에 푹 빠졌다. 여러 가지로 연구하기 시작하자 재료의 생산지도 방문해보고 싶었다. 그래서 텐트와 침낭, 취사도구 등을 챙겨 북으로는 홋카이도에서 남으로는 오키나와까지 제빵에 필요한 재료를 찾아 여행을 떠나기도 했다. 생산자를 직접 만나니 재료에 대한 애정이 더 생기는 것 같았다. 어떻게 하면 재료가 가진 맛을 최고로 살릴 수 있을까 하는 생각까지 하게 되었다.

세 번째 '복귀 불가' 통보

3월에는 병원에 가서 뇌 검사를 했다. 연초에 집으로 찾아온 친구의 권유가 있었기 때문이다.

남편의 선배이자 내 친구인 이시이 마사시는 운동복 차림에 자전거를 타고 왔었다.

"자전거 가게에서 미즈키 이야기를 듣고 그냥 있을 수 없어서 바로 왔어."

전직 경륜 선수였던 그는 도로에서 연습하다가 교통사고를 당해 은퇴했다. 이시이는 이런저런 이야기를 하면서 남편의 얼굴에서 눈을 떼지 않았다. 그러더니 조심스럽게 말을 꺼냈다.

"내가 사고를 당했을 때와 눈 상태가 똑같아. 어쩌면 나처럼 뇌에 장애가 있을지도 몰라. 좋은 의사를 소개해줄 테니까 뇌 검사를 한번 받아봐."

나는 매일 보니까 잘 몰랐는데, 이시이는 남편의 눈의 초점이 맞지 않는 것 같다면서 도쿄에 있는 대학병원을 소개해줬다.

차일피일 미루다가 3월 말에서야 병원에 방문했는데, 우려하던 소식을 듣고 말았다. 척수와 경수에 손상이 있다는 말만 믿고 계속 정형외과만 다녔는데 뇌에도 심각한 손상이 있다는 것이다.

"전두엽, 측두엽, 뇌간, 뇌엽 부근에 혈류장애가 보입니다. 사진에서 색이 칠해져 있는 부분이 혈류가 좋지 않은 곳입니다. 이대로 후유증이 남을 가능성이 높습니다."

담당의사는 뇌 손상으로 인해 나타나는 '고차뇌기능장애'라고 진단했다. 두통도 뇌 손상이 그 원인이라고 했다. 그러더니 우리가 가장 듣기 두려워하는 말을 했다.

"설마 아직도 복귀를 생각하고 계신 건 아니죠? 복귀는 어렵습니다. 혹시 복귀한다고 해도 경기 중에 결승점에 가까워지면 뇌가 플래시백 현상을 일으킬 수 있습니다. 뇌가 사고 때의 기억을 떠올리는 순간적 회상 현상인데, 그러면 또다시 같은 사고를 당할 위험이 높습니다. 이번에는 다행히 목숨은 건졌지만 다음에 같은 사고가 나면 어떻게 될지 알 수 없습니다."

복귀 불가. 의사에게 받는 세 번째 선고였다.

"무리하지 말고 스트레스가 쌓이지 않도록 조심하십시오. 손상된 뇌가 회복되기 위해서는 많은 시간이 걸리니까 초조해하지 마시고, 천천히 치료해갑시다."

지금의 몸으로는 복귀가 불가능하다는 것을 이미 들어 알고 있었지만 인정하고 싶지 않았다. 인정할 수가 없었다. 헛된 희망이나마 붙잡고 싶었다. 그것을 놓으면 남편에겐 아무것도 없었으니까.

경륜 선수는 1년 내내 경기가 있다. 현역으로 계속 경기에 나가려면 지속적으로 경기에 출전해서 점수를 쌓아야 한다. 경기 결과는 선수 한 사람 한 사람의 득점으로 점수화되고 일정한 점수를 유지하지 못하면 하위 선수부터 해고되기 때문이다. 반대로, 일정 점수만 유지하면 몇 살이 되든 현역으로 활동할 수 있다.

남편이 선수로 복귀할 수 있는 시한은 3년 남짓 남아 있었다. 그 기간 내에 복귀를 하든 은퇴를 하든 결정해야 한다. 3년 이내에 회복할 수 있을지, 회복을 하더라도 복귀하는 것이 맞는 일인지 판단이 서지 않았다. 내 마음속에서는 각기 다른 목소리가 동시에 튀어나왔다.

'그렇게 힘들게 경륜 선수가 되었는데 어떻게 포기를 해? 포기를 하면 남편은 무슨 희망으로 살아가지? 내가 복귀라는 말을 자꾸 하면 부담이 되어 오히려 상태를 악화시키는 것은 아닐까? 복귀를 하지 않으면 집 융자금은 또 어떻게 갚지? 복귀를 했다가 또 사고를 당하면 어쩌지?'

뇌 손상까지 있다는 의사의 진단에 남편은 큰 충격을 받았다. 기력 없이 있는 날이 더 늘어났다. 조용하게 있다가 갑자기 짜증을 부리기도 했다. 나에게 마구 화풀이하는 일도 잦아졌다. 하지만 남편을 미워할 수 없었다. 왜 그러는지 알기 때문이다. 오히려 '항상 좋은 말만 하자. 하루하루를 즐기고 긍정적으로 생각하자' 늘 그렇게 마음먹었다.

나도 그렇고 남편도 그렇고 아무것도 하지 않고 가만히 있으면 미래에 대한 걱정으로 견딜 수가 없었다. 빵에 대한 공부만이 아니라 요리와 청소도 같이 하고 집을 꾸미는 일도 다시 시작했다. 할 수 있는 건 뭐든 해보자고 생각했다.

특히 정원을 꾸미는 일은 훌륭한 재활치료였다. 음식물 쓰레기를 비료로 삼아 흙을 만들고 풀을 뽑았다. 맨손으로 보들보들한 흙을 만지고 있으면 흙이 스트레스를 흡수해주는 것 같았다. 남편은 그 순간만큼은 표정도 마음도 밝아 보였다.

"이것 봐, 싹이 났어."

남편이 가리킨 곳에는 사고 전에 심었던 튤립이 싹을 틔우고 있

었다. 남편은 새싹을 부드럽게 어루만졌고, 그런 남편을 나는 오랫동안 바라보았다. 그러다 문득 장미 아치 생각이 났다.

"맞다, 장미 아치를 만들어야지!"

남편이 입원해 있을 때 나는 장미 아치를 만들자고 제안했었다. 우리는 금세 아치를 완성했다. 그 후로 높은 곳에서 하는 작업은 내가 맡고 남편은 물을 주고 꽃 심는 일을 담당하며 장미를 비롯한 여러 식물들을 열심히 가꾸었다. 동남향 집인 데다 햇볕이 잘 들고 흙도 좋아서인지 1년도 되지 않아 장미가 아치를 타고 올라왔다.

집 바로 앞에 있는 숲으로 산책도 자주 갔다. 산꼭대기까지 나무로 된 손잡이가 있어서 다리가 불편한 남편이 의지하며 걸을 수 있었다. 도시락과 쿠키, 홍차가 든 보온병을 가지고 가서 산꼭대기에 있는 전망대에서 풍경을 보면서 먹었다. 전망대에서는 아이보 만이 한눈에 들어왔고, 저 멀리 요코하마의 베이브릿지와 후지산이 보였다. 날씨가 좋은 날에는 이즈오시마까지도 보였다.

자연에 둘러싸여 있으면 마치 구름 위에 있는 듯 마음이 가벼워지면서 감당할 수 없을 것 같던 걱정들이 작게 느껴졌다. 초조한 마음과 고민이 사라지고 가슴이 탁 트이는 것 같았다.

첫 판매

내 마음은 하루하루 롤러코스트를 타는 것 같았다. 복귀가 불가능할지도 모른다는 생각이 들면 남편은 그 스트레스에 안절부절못하다가 짜증을 냈다. 처음에는 그러한 남편의 행동에 화가 났는데 시간이 지날수록 안쓰러운 마음이 커져갔다. 뇌에 손상을 입어 다시 경륜을 한다 해도 같은 사고를 당할 위험이 높은 현실은 노력으로도 바꿀 수 없는 일이라는 걸 서로 잘 알고 있었다. 내게 화를 내고 난 다음에는 남편이 더 괴로워했다. 그러다가 조금 시간이 지나면 무척 미안해했다. 그 와중에도 남편은 밀가루 반죽을 손에서 놓지 않았다. 빵 만드는 실력도 금세 늘었다.

퇴원한 지 5개월이 지난 2006년 4월 22일은 '지구의 날'*로 전국에서 크고 작은 환경보호 행사가 열렸다. 나도 집 근처에서 환경 관련 이벤트를 열고 남편이 만든 빵을 판매해보기로 결정했다. '언젠가 가게를 내서 많은 사람들에게 내가 만든 빵을 맛보였으면' 하는 남편의 바람을 이뤄주고 싶어서였다. 처음이어서, 어릴 적부터 만들어오던 케이크를 내놓기로 했다. 나에게 선물해주었던 바로 그 치즈케이크였다.

내가 치즈케이크를 팔아보자고 했을 때 남편은 즐거워하면서도 걱정을 많이 했다.

"정식으로 제빵제과 학원에 다닌 적도 없는데 팔아도 될까?"

"이렇게 많이 만들어도 되는 건가? 안 팔려서 남으면 어쩌지?"

"사람들이 맛이 없다고 하면 어떡하지?"

남편은 불안과 즐거움 사이를 오가며 잠도 안 자고 치즈케이크 여덟 개를 정성을 다해 만들었다.

그 날 행사에는 토크쇼도 준비되어 있었다. 남편과 동료 선수인 이시이 마사시, 야마모토 마사미치가 이야기를 하고 사회는 내가 담당했다. 토크쇼의 주제는 당연히 경륜이었다. 이시이와 야마모토가 자전거의 매력에 대해 열기를 띠며 이야기했지만 남편은 내내 말이 없었다. 동료들이 무슨 말이든 해보라고 하자 그제야 입을

* 매해 4월 22일. 지구의 환경을 보호하자는 취지로 만들어진 세계적 기념일

열었다.

"제가 이렇게까지 회복할 수 있었던 것은 아내 덕분입니다. 앞으로도 열심히 재활치료를 받고 꼭 복귀할 수 있도록 노력하겠습니다. 많은 응원 부탁드리겠습니다."

"아! 감사합니다."

갑자기 내 이야기가 나와 당황하며 인사를 했다. 웃음과 따뜻한 박수소리가 행사장을 가득 메웠다.

"케이크가 다 팔렸어요. 토크쇼가 시작되자 날개 돋친 듯이 팔려서 제일 먼저 품절되었어요."

품절이라는 담당자의 말을 듣자 남편이 활짝 웃었다. 야마모토도 시식용 치즈케이크를 먹어보고 만족스러워했다.

"이 케이크 진짜 맛있네! 한 조각 더 먹어도 돼? 이 케이크라면 혼자서도 한 개를 다 먹을 수 있겠어."

행사 마지막 이벤트로 나는 무용하는 친구들과 함께 춤을 췄다. 오랜만에 하는 무용이었다. 몸은 굳어 있었지만 무대에 설 수 있는 것만으로도 만족스러웠다.

사실 남편은 이벤트에 참가할 수 있는 상태가 아니었다. 행사 도중 몇 번이나 두통을 호소하는 등 몸 상태가 나빴지만 동료들과 청중들의 응원 덕분에 무사히 행사를 마칠 수 있었다.

전용 작업대를 손수 제작하다

2008년 봄, 남편의 제빵 인생에 큰 전환점이 왔다. 도쿄돔시티에서 개최되는 미술품과 골동품 전시 판매장에서 남편의 케이크를 판매할 수 있게 된 것이다.

그 전에 넘어야 할 산이 하나 있었는데 그것은 음식물 판매에 대한 보건소 심사 기준이었다. 도쿄돔이 있는 분쿄 구는 이벤트에 참가하는 음식점들에 대한 심사 기준이 까다롭기로 유명하다. 나는 곧바로 심사 기준을 통과하기 위한 준비에 들어갔다. 보건소에 어떤 시설을 갖추면 되는지 물어보고 공방 설계에 들어갔다. 토대와 배관 공사는 전문가에게 맡기고 그 이외의 부분은 직접 만들었다.

내가 가장 신경 쓴 부분은 재료를 혼합하고 반죽하는 큰 작업대

였다. 그 때까지는 친구가 빌려준 나무 테이블을 사용하고 있었는데 반죽을 할 때마다 테이블이 움직여 다리와 허리에 무리가 많이 갔다. 이왕 만드는 것, 남편이 작업할 때 조금이라도 몸에 부담이 덜 가도록 만들어야겠다고 생각했다.

남편의 몸집과 움직임에 맞춰 허리와 등에 무리가 가지 않는 높이로 설계했다. 나무로 만든 토대에는 흰색 페인트를 칠하고 그 위에 모자이크 타일을 붙였다. 다음으로 시멘트를 반죽해서 타일 이음새를 메웠다. 마지막으로 빵 만들기에 가장 적합하다고 하는 커다란 이탈리아산 대리석을 테이블 위에 놓았다. 그 외에도 도자기로 된 2조식 싱크대에 수도꼭지는 사용하기 편한 레버 식으로 날았다. 다리가 불편한 것을 감안해 앉아서도 작업을 할 수 있게 만들었다. 케이크에 넣는 리큐르를 진열하는 선반도 만들었다.

이런 작업을 업자에게 맡기면 100만 엔 가까이 드는데 직접 재료를 구입하고 만드니까 비용을 3분의 1 정도로 줄일 수 있었다. 힘도 들고 처음 해보는 일이라 시행착오도 많았지만 남편이 내가 만든 공방에서 마음껏 빵을 만들 모습을 생각하니 힘이 절로 났다. 다 만들었을 때는 온몸이 쑤셨는데 남편의 한 마디에 피로가 다 풀렸다.

"와~우! 이걸 직접 만들었다고?"

Poubelle
USTENSILES DE CUISINE

많은 분들의 후원 덕분에

도쿄돔시티에서의 케이크 판매는 대성황으로 끝났다. 이벤트를 할 때마다 남편의 빵과 케이크는 잘 팔렸고 먹은 사람들은 모두 맛있다고 했다. 그리고 '맛있다' 는 인사를 받을 때마다 남편의 얼굴은 더할 수 없이 행복해 보였다.

이 날 이후로 나는 '저 행복한 표정을 좀 더 자주 볼 수는 없을까? 좀 더 많은 사람들에게 먹는 즐거움을 주고 더불어 남편도 행복해지게 할 수는 없을까?' 라는 생각에 잠겼다. 그러다 문득 인터넷 판매가 떠올랐다. 다른 사람 같으면 금방 인터넷을 생각해냈을 텐데 컴퓨터가 익숙하지 않아서인지 한참 만에 생각해내게 되었다.

인터넷으로 판매를 하려면 컴퓨터와 프로그램 조작을 위한 여러 가지 기술이 필요하다. 처음에는 간단한 것도 못해 시간이 엄청 걸리고, 너무 긴장한 탓에 조금만 해도 어깨까지 결렸지만 주말마다 가르쳐주는 친구 덕분에 차츰 익숙해지고 혼자서도 할 수 있게 되었다. 원래 사진을 찍는 것도 찍히는 것도 좋아해서 사진을 업데이트하는 일은 즐거웠다.

인터넷에 빵을 소개하는 것 외에도 준비할 것은 많았다. 멀리 포장해서 보내려면 로고와 도장, 포장지가 기본적으로 필요했다. 하나하나의 가격은 몇백 엔이지만 모이면 꽤 큰 액수가 된다. 게다가 행사장에 갈 때는 조리 광열비도 필요했다. 적은 돈이라도 아껴야 하는 처지이기에 조금이라도 싸게 살 수 있는 방법을 찾아야 했다.

빵에 들어가는 재료를 살 때도 포장지에 붙어 있는 라벨을 보고 판매처인 무역회사와 상사에 전화를 걸었다. 용기를 내 소매로도 판매하느냐고 물었다.

"개인에게는 판매하지 않습니다."

몇 군데 전화를 했지만 모두 거절당했다. 쉽게 포기되지 않았다. '무슨 방법이 없을까'라는 생각이 머릿속에서 떠나지 않았다. 그러다가 문득 집 근처에 있는 한 도매상이 떠올랐다. 가게 앞에

'드라이아이스'라고 적힌 간판이 나와 있어서 이전부터 궁금했던 가게였다. 전화를 해서 물어보니 남편이 자주 사용하는 황설탕, 옥수수 녹말가루, 아몬드 가루 등이 있다고 했다. 혹시나 하는 기대를 품고 남편과 함께 단숨에 차를 몰고 달려갔다.

그런데 가게 주인을 만나자마자 '안 되겠구나'라는 생각이 들었다. 가게 주인은 깐깐하고 엄한, 융통성이라고는 찾아볼 수조차 없는 사람처럼 보였다. 남편의 표정을 보니 나와 비슷한 생각을 하는 것 같았다. 그래도 간 김에 물어는 보자 싶어 말을 꺼냈다.

"실례지만, 근처에 있는 빵집에서 왔는데요. 조금이라도 재료비를 아낄 수 있었으면 해서 무리한 부탁을 하러 왔습니다."

가게 주인은 잠시 의아한 표정을 짓더니 기대 이상의 대답을 했다.

"원래 개인한테는 팔지 않는데, 특별히 드릴게요. 괜찮으시면 창고로 안내하겠습니다."

우리는 얼떨떨해하며 창고로 따라 들어갔다.

"이 밀가루는 캐나다산과 오스트리아산을 섞은 것입니다. 샘플을 드릴 테니 사용해보실래요? 옥수수 가루도 쓰기 편하게 소량으로 포장해서 드릴게요."

가게 주인은 첫인상과는 달리 세심하고 아주 친절했다. 그 때부터 지금까지 그 분은 우리의 든든한 후원군이 되어주고 계신다.

후원군은 또 있다. 배달할 빵을 가지러 오는 택배기사와 우체국 직원들이 그들이다. 빵이 다 만들어져도 식을 때까지 기다렸다가 포장을 해야 한다. 그래서 가끔 택배기사가 오는 시간에 맞추기가 어려울 때가 있는데, 그럴 때 전화를 드리면 방문 시간을 조절해주신다. 반대로 멀리 보낼 때는 먼저 가지러 와주셔서 안심하고 맡길 수 있다.

우체국 직원들은 가끔 빵과 케이크를 주문해주셨다.

"늘 맛있게 잘 먹고 있어요."

우체국에 볼 일이 있어 창구에 가면 웃는 얼굴로 말씀하신다. 빵을 가지러 와달라는 전화를 하면 이렇게 말씀하실 때도 있다.

"요전에 만들어주신 케이크 맛있게 잘 먹었습니다. 이번에는 빵으로 부탁할게요."

이렇게 응원해주시고 도움을 주시는 분들 덕분에 남편이 만든 빵은 지금 전국으로 배달되고 있다.

버터 구하기

우리에게는 든든한 후원군이 또 있다.

2007년 가을 무렵부터 이듬해 봄까지 버터를 구하기 힘든 시기가 있었다. 처음에는 '한 사람당 1개만 살 수 있다'는 판매 제한이 걸려 있었는데 나중에는 슈퍼마켓이나 백화점 진열장에서 버터를 아예 찾아볼 수조차 없었다.

"버터가 없으면 빵을 못 만드는데, 어떡하지?"

남편도 아주 난감해했다.

그런데 마침 치바 현에서 아시아 최대 규모의 식재료 전시회가 열린다는 소식을 듣게 되었다. 국내외 식품회사와 수입대리점, 상사 등 식재료와 연관된 거의 모든 기업과 단체가 모이는 자리였다.

빵과 잘 어울리는 식재료를 찾자는 의도도 있었지만 가장 큰 목적은 참가 기업 중 하나인 대형 유업(乳業) 회사의 부스를 방문하는 일이었다. 우리에게 버터를 팔아달라고 직접 부탁할 생각이었다.

"이 회사의 발효버터가 꼭 필요해. 어떻게든 살 수 있으면 좋겠는데…."

남편은 전시장으로 가는 나를 배웅하면서 간절하게 말했다. 버터를 구하지 못하면 당분간 빵 만드는 일을 중단해야 한다. 그것은 남편에게도 나에게도 여간 두려운 일이 아니었다. 재활훈련이라는 명목으로 빵을 굽고는 있지만 제빵은 이미 그 이상의 의미를 우리에게 선물하고 있었다. 다른 사람들을 웃게 하고 덩달아 우리도 웃을 수 있고, 무엇보다 빵을 굽는 동안에는 미래에 대한 두려움을 잊을 수 있었다.

전시장을 둘러보니 찾고 있던 유업 회사의 부스는 생각보다 작았다. 하지만 상담 테이블에는 여러 회사의 명함이 산더미같이 쌓여 있었다. 그 명함들은 모두 버터를 팔아달라고 부탁하러 온 사람들의 것임을 한눈에도 알 수 있었다.

그 당시는 일본에 있는 큰 회사와 유통업자, 작은 빵집까지 필사적으로 버터를 구하러 다녔다. 우리는 그런 회사들과는 비교할 수 없이 적은 양만 사용한다. 누가 봐도 우리와 거래를 할 상황은 아니었다. 오히려 거래를 부탁하는 내가 염치없는 사람으로 생각될 지경이었다. '그래도 어떻게든 버터를 사야 한다'는 간절함에 나는 전날 밤 컴퓨터로 급하게 만든 명함을 손에 들고 유업 회사 직원을 만나 상황을 설명하면서 간곡히 부탁했다.

"세 시간에 한 개만 만들어서 살 수 있는 버터의 양은 아주 적어요. 하지만 저희에게는 당신 회사의 버터가 꼭 필요합니다. 이 회사 버터가 아니면 빵을 만들 수 없어요. 꼭 저희들에게 버터를 팔아주세요."

집에 돌아와서는 남편에게 기대를 하지 않는 게 좋겠다고 말했다. 그런데 이틀 후 오전에 유업 회사에서 전화가 왔다.

"지희 부스를 방문해주셔서 감사했습니다. 여러 기업으로부터 버터를 팔라는 의뢰가 있었지만 신규 거래처는 세 곳으로 정했습니다. 그중 한 곳이 타이라 미즈키 씨의 빵집입니다."

"감사합니다, 정말 감사합니다."

수화기를 들고 거듭 고개를 숙여 인사하는 나를 물끄러미 바라보던 남편이 물었다.

"무슨 일이야?"

"우리한테 버터를 팔아주신대."

"정말!"

"응, 정말. 며칠 있다가 영업하는 분이 여기로 오기로 하셨어."

"그래? 그럼 감사하는 마음으로 최고로 대접해드리자!"

유업 회사의 직원이 우리 공방에 방문하는 날, 남편은 빵은 물론이고 케이크에 아이스크림까지 정성을 다해 만들었다. 당연히 이 유업 회사의 버터, 요구르트, 생크림, 우유를 사용했다. 영업직원은 우리가 내놓은 것들을 보고는 아주 기뻐했다.

"이렇게 저희 회사 제품을 아껴주시니 생산자로서 대단히 기쁩니다. 시간이 되실 때 꼭 홋카이도 공장에도 견학 오세요."

시간이 지나면서 버터가 부족한 상황은 해결되었다. 그 후 2년이라는 시간이 지났지만 한 번에 주문할 수 있는 양은 변함없이 생크림 세 병과 버터 한 상자다. 일반 빵집과 비교할 수 없는 소량이지만 지금도 이 회사의 영업직원은 집까지 배달을 해주신다. 그리고 그 영업직원과는 집에서 바비큐 파티를 함께 할 정도로 아주 친해졌다.

행복과 기쁨, 그 이면엔 불안이

시간이 갈수록 남편은 빵을 굽는 일에서 행복을 느꼈다. 사람들이 기뻐하는 모습에 보람을 느끼고 그 사람들을 위해서 혼신을 다해 빵을 구웠다. "미즈키 씨, 제가 재료비를 드릴 테니까 저를 위해서 빵 좀 구워주실래요?"라고 사람들에게 부탁을 받으면 남편은 머리가 아파도 열심히 빵을 구웠다. 빵을 만들고 있을 때는 두통도 잊었다. 매번 빵을 다 만들고 나면 몰려오는 피로와 통증에 시달렸다. 빵을 다 굽고 지쳐서 소파에 누워 있으면 현관 벨이 울린다.

"빵 가지러 왔어요."

남편이 지쳐 있는 모습을 보면 사람들은 약속이나 한 듯 이렇게 말했다.

"아, 너무 감사해요. 저를 위해서 일찍부터 일어나 이렇게 빵을 만들어주시다니."

그들이 기뻐하는 소리가 남편의 원동력이다.

그러나 조금이라도 시간적 여유가 생기면 남편은 장래에 대한 막연한 불안감에 사로잡혔다. '나는 무엇을 위해 살아가고 있을까?'라는 자괴감이 들 때는 사람들과의 만남도 밖에 나가는 것도 싫어했다. 나는 그러한 남편을 위해 친구들을 집으로 초대했고 음식을 만들어 홈 파티를 자주 열었다. 그렇게 함으로써 남편이 집에서도 다른 사람들과 교류할 수 있게 했다.

우리에게도 우리만의 고민이 있듯, 우리 집에 오는 직장인이나 신문 배달을 하는 사람들도 여러 가지 고민을 가지고 있었다. 나는 그들의 이야기를 시간 가는 줄 모르고 들었다. 그들에게 내가 해줄 수 있는 것은 진지하게 들어주는 것뿐이다. 그리고 한 가지 더, 남편이 구운 빵과 케이크를 먹이는 것이다. 한 입 먹는 순간 그들의 얼굴빛이 환해지고 표정이 온화해졌다.

"맛있어요. 다음에 또 부탁해요."

"집에 가져가 식구들과 나눠 먹고 싶어요."

그렇게 남편의 팬은 서서히 늘어났다. 그들이 빵과 케이크에 열광하면 남편은 기뻐했다. 미래에 대한 불안감도 잊는 듯했다. 그러나 잠시뿐이었다. 빵 굽는 일은 선수 복귀를 위한 재활훈련이었다. 남편은 여전히 스스로를 경륜 선수로 생각하고 있었다.

선수로 복귀할 수 있을지 없을지 전혀 알 수 없는 상태로 2년이 넘는 시간이 지나고 있었다.

2008년 초, 선수 복귀의 유예기간이 6개월 정도 남았을 때 남편은 자전거를 타보기로 마음먹었다. 퇴원 직후 집에 돌아온 기념으로 사진을 찍으려고 경기용 옷을 입고 집 앞에서 자전거를 타본 적이 있었다. 그 때는 잠시 페달을 밟는 것만으로도 다리에 경련이 일어나 후들거림이 멈추지 않았었다. 그 이후 처음으로 타보는 자전거였다.

남편은 내 어깨를 잡고 조심조심 자전거를 탔다. 그동안 한시도 재활훈련을 쉬지 않았는데도 불구하고 퇴원 직후와 거의 차이가 없었다. 단 몇 미터를 달렸을 뿐인데 다리에 경련이 심하게 일어났다. 손으로 주물러도 경련은 멈추지 않았다. 남편은 떨리는 다리를 손으로 쓰다듬으며 아스팔트를 말없이 응시했다.

'복귀는 어렵다'는 의사들의 진단을 여러 차례 들었음에도 나는 복귀에 대한 희망을 버리지 않고 있었다. 그러나 이 날은 인정하지 않을 수 없었다. 남편 역시 마찬가지였다. 남은 시간은 고작 6개월이었다. 2년 반 동안 조금도 나아지지 않았는데 6개월 동안 갑자기 회복이 되리라고 기대할 수는 없었다.

'나는 누구에게 도움이 될까? 내가 살아 있는 의미는 무엇일까?'

목표를 상실한 남편은 크게 낙심했다. 그나마 남편에게 안식처가 되어준 것이 정성을 다해 구운 빵이었다. 그 덕분에 사람들과 만날 수도 있었다.

"내 빵도 만들어줘요."

그렇게 부탁받고 아침 일찍 일어나 열심히 굽는 빵. 그 빵을 먹은 사람이 눈물을 흘리며 기뻐하는 모습을 보면 나도 눈물이 날 것 같았다.

'다들 이렇게 감동을 하다니! 남편이 만든 빵은 역시 대단해.'

나는 남편이 축 처져 있을 때는 언제나 격려의 말을 건냈다.

"혹시, 선수로 복귀할 수 없더라도 빵을 만드는 재능이 있잖아. 사람들에게 행복을 전하고 기쁨을 주는 사람은 하느님이 항상 지켜보고 계실 거야."

'내가 불안해하면 남편도 같이 불안에 떤다. 내가 정신을 차려야 한다. 강해져야 해!' 매번 그렇게 다짐했다. 남편도 현실을 받아들이기 위해 노력하는 눈치였다.

복귀할 수 있는 유예기간인 3년이 끝나갈 무렵 남편은 그 어느 때보다도 불안해했다. 나 또한 어떻게 하면 좋을지 결정을 내리지 못하고 있었다.

경륜 선수로서의 생명력이 끝난 날

2008년 7월 17일, 남편은 선수등록수첩을 반환하기로 결심했다. 수첩을 반환한다는 것은 곧 은퇴를 의미한다. 생각하고 싶지 않았던 날이 온 것이다. 사실 은퇴를 결심했다기보다 어쩔 수 없는 선택이었다. 복귀 시한이 고작 한 달 남짓 남은 시점이었다. 우리에게는 여전히 선수 복귀에 대한 미련이 남아 있었지만 복귀는 불가능했다. 한 달 더 버틴다고 해도 달라질 것은 없었다. 하루라도 빨리 은퇴를 하는 편이 마음을 추스르는 데 더 도움이 되리라 생각했다.

남편은 직접 수첩을 반환하러 가겠다고 했다. 몸에 무리가 될 줄 알면서도 말리지 않았다. 미련을 떨치기 위한 몸부림처럼 느껴졌기 때문이다. 전차와 버스를 갈아타고 선수회 카나가와 지부가 있는 가와사키 경륜장으로 갔다. 그 날은 사고 당일처럼 무더웠다. 남편에게도 나에게도 익숙하고 정겨운 경륜장.

'이제 헤어질 시간이 왔구나.'

경륜장은 경기 개최 기간이 아니어서 한산했다. 관객의 환호성도, 타종 소리도 들리지 않았다. 찌는 듯한 더위, 그보다 더 맹렬하게 울어대는 매미 소리뿐이었다.

남편은 나보다 몇 발 앞서 지팡이를 짚고 걸었다. 등을 굽히고 조용히 걷는 남편의 뒷모습이 무거워 보였다. 경륜 선수가 되기 위해 이를 악물었던 시간, 더 좋은 성적을 내기 위해 노력했던 시간이 모두 남편의 등 위에 얹혀 있는 것 같았다.

'어쩌면, 어쩌면 이 모습이 남편이 경륜장에 있는 마지막 모습일지도 몰라.'

너무나도 아쉬운 마음에 나는 휴대폰으로 사진을 찍으려고 했다.

"하지 마! 찍지 마!"

남편은 고개를 떨군 채 한 발 한 발 천천히 걸어갔다. 나도 한 발, 한 발 천천히 따라 걸었다.

사무실에는 선배와 임원들이 기다리고 있었다. 보통 경륜 선수가 은퇴할 때는 은퇴경기가 있다. 꽃다발을 손에 들고 팬과 선후배의 배웅을 받으며 꽃길을 유유히 지나 경기장을 떠난다. 하지만 복

Urban Bank
本場開催 7 21 22 23
場外開催 7 19 20

귀하지 못하고 그대로 은퇴하는 남편에게는 꽃길도 배웅도 없었다. '선수등록수첩 반환'이라는 지극히 사무적인 절차만이 있을 뿐이었다.

"마지막 작별인사라도…."

항상 남편을 걱정해주시던 한 임원이 안쓰러우셨는지 선수등록수첩을 다시 쥐어주셨다. 수첩 속 남편은 양복을 입고 당당한 표정으로 정면을 보고 있었다. 남편은 잠시 사진 속 자신의 모습을 보더니 다시 수첩을 되돌려주었다.

"그동안 수고 많았어요."

그렇게 배웅을 받으면서 경륜장을 뒤로했다. 은퇴하고 사무실에서 일하고 있는 선배가 역까지 데려다주었다.

"열심히 해라. 나도 열심히 할 테니까."

돌아오는 전차 안에서 우리는 아무 말도 하지 않았다. 집에 돌아와서 텔레비전을 켜니 마침 프로야구 선수 노모 히데오 씨가 은퇴 기자회견을 하고 있었다.

'천사의 빵'이 탄생하다

재기를 꿈꾸며 종종 꺼내보던 수첩을 반환하고 나자 남편은 더 이상 경륜 선수가 아니라는 것을 실감하는 듯했다. 20년 가까이 함께하던 꿈을 잃어버린 남편은 외로워보였다. 어릴 적부터 경륜 선수가 되는 것을 목표로 매일매일 훈련을 했고, 고생 끝에 경륜 학교에 들어가 혹독한 훈련을 견디고 겨우 이뤄낸 꿈이었다.

"아무도 만나고 싶지 않아. 나 같은 거 아무런 도움도 되지 않아. 아무것도 할 수 없잖아."

남편은 방에 틀어박힌 채 나오지 않았다. 방 안에서 혼자 절망감과 싸웠다. 나도 이번에는 무슨 말을 해줘야 할지 몰랐다. 어떤 말도 위로가 되지 않는다는 것을 알기에 답답했지만 입을 다물고 있었다.

남편은 절망감과의 싸움에서 번번이 패배하는 것 같았다. 며칠이 지나도 얼굴이 전혀 밝아지지 않았다. 말도 하지 않았다.

그러던 어느 날 근처 교회에 다니는 두 분이 남편의 빵을 사러 오셨다. 매주 빵과 케이크를 주문해주시던 분들이다.

"미즈키 씨가 만든 빵을 먹다가 다른 빵은 못 먹겠어요. 미즈키 씨 빵에는 사랑과 정성이 담겨 있어요. 이렇게 좋은 빵은 더 많은 사람들이 먹어야 한다고 생각해요."

"미즈키 씨, 빵 좀 만들어주세요."

"미즈키 씨가 만든 바움쿠헨이 너무 먹고 싶어요. 또 만들어주세요. 아픈 사람한테 갖다주고 싶네요."

이 두 분 말고도 남편의 빵을 원하는 사람들이 편지와 메일을 보내왔다.

'또 빵이 먹고 싶어요.'

'언제든지 좋으니까 또 보내주세요.'

모두들 남편이 다시 빵을 굽기를 기다리고 있었다. 나 또한 그랬다. 하루빨리 빵을 굽는 남편의 모습을 보고 싶었다. 사람들이 빵을 먹는 모습을 보고 함께 기뻐하는 남편을 보고 싶었다.

처음에는 부탁이 들어와도 남편은 꿈쩍도 하지 않았다. 그러나 자신의 빵을 기다리는 사람들이 점점 늘어나자 조금씩 달라졌다. 아직 마음속에는 절망이 가득했지만 사람들이 보내주는 응원이 작은 불빛이 되었다. 작지만 소중한 그 힘으로 남편은 다시 빵을 굽기 시작했다. 이미 부탁한 사람들의 빵만 구워줄 생각이었는데, 신기하게도 주문이 계속 이어졌다.

"미즈키 씨, 다음은 저예요."

"그다음은 내 거요."

"결혼식 답례품으로 주고 싶으니 꼭 만들어주세요."

빵을 열심히 구울수록 주문은 밀려들었고, 그럴수록 절망하거나 고민할 시간은 줄어들었다.

'내가 구운 빵을 기다리는 사람들이 있다. 나도 누군가에게 도움이 될 수 있다.'

어느 순간 남편은 매일 빵과 케이크 만드는 일에 쫓기고 있었다. 정신없이 하루하루 빵을 구웠다. 그리고 몸도 마음도 빵장이가 되어갔다. 마음속 저 깊은 곳에서 빵장이로서의 자부심이 싹터갔다.

이렇게 '천사의 빵'은 탄생했다.

5장

우리의 앞날

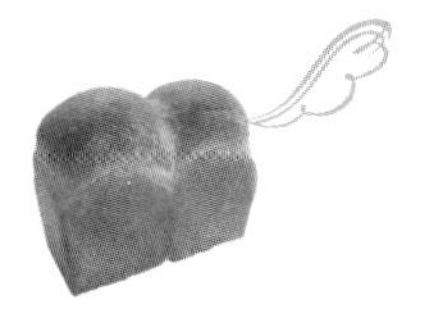

화제 되기 시작한 '천사의 빵'

언제부턴가 빵을 받은 분들이 편지나 이메일로 칭찬과 격려, 듣기만 해도 기분이 좋아지는 사연들을 보내주기 시작했다.

'빵은 식어 있었지만 먹으니 가슴이 따뜻해지는 것 같습니다.'

'천사의 빵이 도착했어요! 정말 천사이신가요?'

'아무것도 섞지 않은 빵은 그 자체로도 맛있습니다. 아! 행복했습니다.'

'정성스런 편지까지 보내주셔서 감사합니다. 무척 기뻤고, 그 편지를 몇 번이나 읽고 또 읽었습니다.'

'2월 중순에 베트남으로 전근을 가게 되었습니다. 잘해낼 거라고 생각하지만 불안한 마음이 큽니다. 하지만 두 분의 자상함과 남을 배려하는 마음에 감동받고 많은 용기를 얻었습니다. 두 분만큼은 할 수 없겠지만 열심히 잘해낼 수 있을 것이라고 믿습니다.'

'온 가족이 다같이 조금씩 나누어 먹었습니다. 부드럽고 맛있다, 마음이 따뜻해진다, 환상적이다 등등 여러 가지 소감이 있었습니다. 특히 주름진 얼굴의 엄마가 빵을 드시고 환히 웃는 모습을 보니 더욱 행복했습니다.'

빵이 배달되기 전부터 편지를 보내주신 분도 계신다.

'사춘기에 접어든 셋째 딸과 티격태격 문제가 많았는데 미즈키 씨에 대한 이야기를 듣고 많은 생각을 하게 되었습니다. 딸에게 미즈키 씨가 만든 부드럽고 에너지가 넘치는 맛있는 빵을 먹이고 싶어 빵이 배달되기만을 손꼽아 기다리고 있습니다. 서두르지 않고 빵이 배달될 때까지 즐거운 마음으로 순서를 기다리겠습니다.'

이렇게 마음이 담긴 편지나 이메일이 거의 매일 도착한다. 나는 밤에 한 통 한 통 읽고, 다음날 아침이면 남편에게 그 내용을 이야기해준다. 이러한 편지나 이메일이 남편과 내가 희망을 잃지 않고 살아가는 원동력이 되고 있다.

답장을 쓰는 일은 내 담당이다. 나는 테이블 위에 멋진 우표와 편지를 펼쳐놓고 이것저것 상상하면서 남편의 마음을 고스란히 담아 답장을 쓴다.

남편이 만든 빵은 사람들에게 행복을 전달하는 것을 넘어 서서히 신문이나 잡지, 라디오에서 화제가 되기 시작했다. 2009년 9월에는 요리우리 신문에 남편과 '천사의 빵' 이야기가 실리고, 후지TV의 '기적 체험 언빌리버블'이라는 특집 방송에 소개되자 폭발적인 관심을 받게 되었다. 주문이 한꺼번에 밀려들었고 홈페이지에 무려 30만 명 이상의 접속자가 몰리면서 서버가 다운되기도 했다. 내가 사용하는 컴퓨터도 덩달아 다운되어 한동안 작동되지 않았다.

방송 다음 날, 후지TV의 정보 프로그램인 '도쿠나네'*의 디렉터로부터 특집으로 방송하고 싶다는 연락을 받았다. 고마운 제안이었지만 망설여졌다. 이미 감당할 수 없을 정도의 성원을 받고 있는데 이 이상 취재에 응해도 될지 걱정이 되었다.

무엇보다 걱정스러운 것은 남편의 건강 상태였다. 몸 상태가 좋지 않을 때도 많기 때문에 장시간 빵을 굽는 것만도 매우 힘든 일

*아침 뉴스의 정보 프로그램으로, 매우 인기 있는 후지TV의 간판 프로그램이다.

이었다.

'지나친 관심이 남편을 무리하게 하지는 않을까? 일주일에 세 번 체형교정 선생님이 오시고, 한 달에 한 번은 도쿄의 대학병원에도 가야 하잖아. 나도 매일 밤늦게까지 편지를 쓰느라 시간에 쫓기고 있어. 이 이상 무리를 하면 나도 남편도 쓰러질지 몰라.'

이런저런 걱정에 거절할까도 생각했지만 관심을 가져준 분들에 대한 예의가 아닌 것 같았다. 그래서 방송 녹화에 응했고, '세 시간에 빵 한 개를 만들고 있고 지금 주문하면 최소한 2~3년은 기다려야 한다'는 것을 방송을 통해 알려줄 것을 부탁했다.

방송 당일, 설렌 마음으로 시청을 했다. 남편이 세 시간에 한 개씩 만드는 '천사의 빵'이 소개되었고, 방송이 끝나자마자 이전 방송 때처럼 전화벨이 연속으로 울렸다. 전화번호를 공개하지도 않았는데 어떻게 알았는지 전국에서 주문전화가 밀려왔다. 마치 콜센터를 연상케 했다. 주문이 한꺼번에 몰리자 주문 이메일을 전송할 수 있게 해놓은 휴대폰도 먹통이 되었다.

꼭 만나고 싶다면서 갑자기 공방을 찾아오시는 분도 있었다.

"역 앞에서 지나가는 사람에게 물어서 겨우 찾아왔어요."

시즈오카 현, 이바라기 현 등 멀리서 찾아오시는 분도 계셨다.

그런 상황이 한 달 넘게 계속되었다. 큰 마음먹고 휴대폰과 집

전화 그리고 속도가 느린 컴퓨터도 최신형으로 바꿨다. 그 전에, 혹시라도 주문 데이터가 삭제되면 큰일이다 싶어서 주문 내용을 전부 인쇄해두었다. 인쇄를 끝내는 데만 며칠이 걸렸고, 2층 거실에 있는 테이블 위에는 주문서가 산더미처럼 쌓였다. 둘이서 1년 365일 쉬지 않고 매일 빵을 굽는다고 해도 고객 모두에게 빵을 보내는 데는 3년이 족히 걸릴 정도로 많은 양이었다. 정말로 감사한 일이었다.

남편은 채 어둠이 가시지도 않은 새벽부터 빵을 구웠다. 그래봐야 '세 시간에 하나'라는 원칙은 변함이 없으니 하루 종일 구워도 네다섯 개가 고작이다. 나는 매일 편지와 메일을 확인하고 답을 보내느라 잠잘 시간도 부족했다. 남편이 병원에 가는 날도 아침 일찍 빵과 케이크를 만들었고 돌아와서는 배송하는 일을 했다.

"우와, 정말 끝이 나긴 할까?"

걱정하는 내 옆에서 남편은 한 시엠송(CM song)을 불렀다.

"언젠가는 반드시 할 수 있겠죠~. 믿음이 있으면 할 수 있겠죠~."

남편의 노래가 내 마음을 녹였다.

전화로 사연을 말하거나 갑자기 찾아오는 손님을 접대하는 일에도 쫓기고 있었다. 대개는 힘든 일이 있는 분들이었다. 울면서 전화를 거는 분들도 있었다. 편지나 이메일에도 괴로운 사연이나 고민이 적혀 있는 경우가 많았다. 빵을 기다리는 사람들에게 하루라도 빨리 빵을 보내드리고 싶은 것이 우리의 마음이었다. 그래서 남편은 아침 일찍부터 빵을 만들었고, 몸이 좋지 않아서 침대에 누워 있을 때도 마음 편히 쉬지 못했다. 한 달 사이 남편의 체중이 6킬로그램이나 줄었다.

방송이 나간 후 정신없이 빵을 굽고 배송을 하다가 문득 2층 창문 너머 경치를 바라보니 단풍잎에 붉은빛이 가득 물들어 있었다.

'벌써 가을이 왔구나' 하고 또 정신없이 빵을 굽고 포장하다가 창문 밖을 내다보니 붉은 단풍잎이 온 데 간 데 없었다. 숲은 이미 겨울을 준비하고 있었다.

"아, 이제 곧 눈이 오겠지?"

나는 추위에 떨면서 장작불 스토브에 불을 피웠다.

우리의 2009년은 그렇게 저물어갔다.

CATS ARE JUST

우리에게 빵이 없었다면

'재료비 정도 나오면 좋겠는데…, 이 정도 가격이면 큰 부담 없이 구입하겠지?'

빵 가격은 처음에 그렇게 생각하고 정했다.

식빵이 1200엔, 호두빵이 1500엔, 호밀빵은 1300엔….

언뜻 보기에 비싼 것 같지만 좋은 재료를 쓰고 남편이 세 시간에 걸쳐서 하나 만든다는 것, 그리고 내가 손님 응대를 하고 빵을 발송하는 데 들이는 정성과 시간을 생각하면 솔직히 수지타산이 맞지 않는 일이다. 사업적인 면에서는 성립될 수 없는 일이다. 한 지인은 "빵 공방을 계속 유지해가려면 수고에 걸맞은 가격을 붙이는 것이 나아"라고 말하지만 그렇게 하면 비싸서 빵을 못 사는 사람이 생길 것 같아 좀처럼 가격을 올릴 수 없다. 그래서 빵 가격은 늘 그대로다.

매일매일 쉬지 않고 열심히 구워도 이윤은 거의 남지 않아 빵을 팔아서는 도저히 생활을 해나갈 수가 없다. 지금 우리 부부의 생활을 지탱해주고 있는 것은 경륜 선수 산재보험뿐이다. 그나마도 매월 나오는 보험금은 35년간 매월 갚아야 하는 주택융자금과 액수가 거의 비슷하다. 그래서 그 이외의 생활비는 내가 이벤트나 행사 사회를 통해 벌어들이는 수입으로 충당하고 있다. 매월 가까스로 생활을 이어가고 있는 것이다.

생활은 어렵지만 남편은 항상 긍정적이다.

"과거에 얽매이지 말고 미래를 걱정하지 말고 현재에 감사하며 살자."

남편은 빵을 만들 때도 그 빵을 먹을 사람만 생각한다. 다른 것을 생각하면 혼란이 와 설탕을 넣었는지 소금을 넣었는지 잊어버리기 때문이다. 빵을 구울 때는 빵만 생각해야 실패하지 않는다는 것이 남편의 신조다. 작업 도중에 두통이 오는 등 남편이 스스로를 감당하는 것만으로도 벅차 보일 때가 있지만 그럴수록 남편은 웃는 얼굴로 빵을 굽는다. 그러면 그 빵을 먹은 사람들이 우리에게 '웃음'을 되돌려준다. 이런 말을 들은 적도 있다.

"언제 받을지 모르니까 정말로 천사가 보낸 선물 같아요."

빵을 먹어본 분들, 우리의 이야기를 아는 분들은 아낌없이 격려와 애정을 보내주신다. 이름도 밝히지 않은 어떤 분은 '열심히 살아가는 두 분을 위한 선물입니다'라는 쪽지와 함께 손수 만든 간판을 보내주셨다.

홋카이도에 있는 목장에 여행을 갔을 때 도카치 꽃농장 사람이 농장을 구경시켜주었는데, 남편이 '이 꽃 참 예쁘네!'라고 말한 걸 기억하시고 얼마 뒤 그 꽃을 안기에도 버거울 정도로 많이 보내주신 일도 있었다.

하코다테에서는 천연석으로 만든 수제 휴대폰 줄을, 치토세에서는 쌀을, 오카야마에서는 맛있는 달걀을, 군마에서는 쌀가루를, 미에에서는 장애자분들이 직접 만든 달력을, 치바에서는 장애를 가진 딸이 만든 멋진 책갈피와 사진을, 후쿠오카의 농장에서는 맛있는 빵에 대한 답례라며 감귤 한 상자를, 오가사와라에서는 맛있는 과일인 패션푸르트를, 나가노에서는 서양배와 포도를, 와카야마에서는 매실과 복숭아를 보내주셨다.

손수 만든 된장과 매실 장아찌를 직접 가져다 주신 분도 있고, 한 서예가 가족은 힘 있는 글씨체로 글을 쓴 다음 휴대폰으로 찍어 보내주기도 하셨다. 크리스마스 때는 트리와 루돌프 카드가 배달되었고, 전국에 있는 경륜 동기 선수들은 '84기'라는 의미의 '84'라는 숫자가 새겨진 가운과 앞치마를 선물해주었다. 그들은 경기

北鎌倉　天使のパン・ケーキ

가 끝나고 돌아가는 길에 들르기도 한다. 근처에 살고 있는 은퇴한 선배도 빵과 케이크를 먹으러 자주 온다.

남편에게 빵이 없었다면 어땠을까? 아무것도 떠오르지 않는다.

남편의 빵을 기쁘게 먹어주는 사람들이 없었다면 어땠을까? 역시 아무것도 떠오르지 않는다.

빵은 어느새 우리와 세상을 이어주는 다리가 되어 있다. 빵이 경륜밖에 모르던 우리의 세계를 크게 넓혀주었다.

후유증과의 기나긴 싸움

지금도 남편에게는 사고후유증이 남아 있다. 왼쪽 다리에 마비 증상이 남아 있어 보조기구를 착용하고 지팡이를 짚은 채 다리를 끌 듯이 걷는다. 남편 혼자서는 바깥 외출을 할 수 없어 항상 나와 함께 다닌다. 왼손의 악력은 오른손의 반 정도이고 목에서 어깨, 등, 허리에 걸쳐 심한 통증이 있어 장시간 서 있는 것도 마음대로 되지 않는다.

게다가 '고차뇌기능장애'라는 후유증을 앓고 있다. 이 장애를 가지고 있는 사람은 일본에서 30만 명 이상이라고 한다. 이 장애로 인해 장마나 태풍 등으로 기압이 낮은 날이면 전날부터 심한 두통을 앓고, 평소에도 어지럼증과 현기증, 지끈지끈 머리를 쥐어짜는 듯한 통증에 시달린다. 휴대폰, 컴퓨터 등 전자기기를 사용하는 것도 전차를 타는 것도 힘들다. 전자파에 극도로 민감해 전자기기나 고압선 근처에 있는 것만으로도 두통이 심해진다.

손으로 이마를 누르며 괴로워하는 모습을 보면 어떻게 해서든 고통을 덜어주고 싶은 마음이 간절하지만 달리 방법이 없다. 마사지도 할 수 없다. 혈류가 너무 활발해져 오히려 두통이 심해지는 경우도 있기 때문이다.

고차뇌기능장애는 그 외에도 여러 가지 증상이 나타난다.

먼저, 숙면을 취하지 못한다.

남편은 사고 이후 숙면을 취하지 못하는 날이 대부분이다. 아무리 피곤해도 세 시간 이상 자는 경우는 드물다. 보통 매일 밤 10시에는 잠자리에 들지만 새벽 1시쯤에는 잠에서 깨고 만다. 몸은 지쳐 있는데 뇌가 멋대로 몸을 깨우는 명령을 내리는 것이다.

다음으로, 감정 조절이 힘들다.

계획한 일이 예정대로 되지 않거나 도중에 뭔가 예상치 못한 일이 생기면 패닉 상태에 빠진다. 약속이나 예정된 일을 변경하면 어떻게 해야 할지 몰라 안절부절못하기 때문에 한번 결정한 일은 끝까지 해야만 한다.

보통 때는 온화하던 사람이 갑자기 사람이나 물건에 화풀이를 하거나 고함을 지르는 일도 있다. 그러기 시작하면 제어가 되지 않아 그대로 집을 나가버린다. 몇 시간이 지나 진정이 되면 돌아오지만 그 사이 자신이 왜 화를 냈는지, 어디에 갔었는지 전혀 기억하지 못한다. 그래서 같이 있을 때 초조해하기 시작하면 바로 화제를 바꿔 같이 맛있는 것을 먹거나 재미있는 일을 해야 한다. 싫어하는 화제는 철저히 피하고 기분을 바꿔주어야 한다. 같이 동요하면 더 큰 혼란에 빠지니까 온화한 기분으로 부드럽게 말을 걸어야 한다.

지나치게 완벽주의를 추구하는 것도 고차뇌기능장애의 한 증상이다. 남편의 경우, 빵을 다 구웠을 때도 그런 증상이 나타난다. 빵 모양이 조금이라도 일그러져 있거나 색깔이 생각한 대로 나오지 않으면 견디지 못한다.

"이게 아니야. 잘못됐어."

그러면서 빵을 전부 다 먹어버린다. 그런 일이 하루에 몇 번씩 반복되면 혼자서 빵과 케이크를 몇 개씩이나 먹어버린다.

남편이 제일 답답해할 때는 하고 싶은 말이 나오지 않을 때다. 하고 싶은 말은 있는데 단어나 문장이 떠오르지 않는 것이다. 그럴 때는 내가 옆에서 슬그머니 말을 거든다.

전화 통화는 특히 더 어렵다. 상대방이 눈앞에 없으니까 더더욱 단어가 떠오르지 않는 모양이다. 그래서 전화는 항상 내가 받는다. 내가 목욕을 하거나 화장실에 있을 때, 혹은 일에서 손을 뗄 수 없을 때는 전화가 와도 남편은 전화를 받지 않는다.

기억장애도 있다.

남편은 빵을 만들 때마다 청결을 위해 쓰는 모자를 찾는다. 아침에 한 번 찾는 것이야 누구나 그럴 수 있다지만 남편은 하루에도 몇 번씩 찾는다.

"저기, 내 모자 어디에 있는지 몰라?"

그렇게 말하곤 1층과 2층을 오르락내리락 한다. 그러다가 멍한 얼굴로 또 내게 묻는다.

"어? 내가 뭐 하고 있었지?"

2층에서 1층으로 내려오는 사이에 조금 전에 있었던 일을 잊어버린 것이다. 사고가 난 지 몇 년이 흘렀지만 후유증은 거의 그대로 남아 있다.

사고후유증으로 가장 괴로운 사람은 바로 남편 자신이다. 그런 사람이, 매일 후유증에 시달리면서도 웃는 얼굴로 열심히 살아가고 있다. 그래서 나도 웃는 얼굴로 열심히 살아갈 수 있다. 순박하고 정직한 것이 그의 힘이라고 생각한다.

남편의 경륜 인생은 꽃을 피울 시점에 갑자기 끝났다.

'그럴 운명이었다.'

흔히 경기 중에 일어난 사고는 간단히 '운명'이란 말로 정리되곤 한다. 한마디로 이야기하자면 그럴지도 모른다. 하지만 운명이 있고 그 운명대로 사고가 난 것이라고 해도 여전히 아쉬움이 남는다.

사고의 위험은 운동선수로서의 숙명이다. 그리고 그것을 지켜보는 가족은 늘 가슴을 조이며 살 수밖에 없다. 연습하러 갈 때마다 경기에 나갈 때마다 '제발 사고가 나지 않기를, 제발 다치지 않기를' 하고 항상 기도하는 것이 생활이다. 배웅을 할 때는 밝은 표정을 짓지만 실제로는 불안한 마음에 위까지 욱신욱신 아파온다. 조금 이상한 이야기 같지만, 한편으로 나는 지금처럼 매일 남편과 함께하는 생활에서 좀 더 안도감을 느끼기도 한다.

우리는 남편의 사고로 많은 것을 잃었다. 그리고 사고로 또 많은 것을 얻었다. 남편도 나도 그렇게 생각하며 살아가고 있다.

다시 한 번 자전거 경기를

남편은 사고후유증 외에도 심장비대증을 갖고 있다. 오랫동안 격한 훈련을 해온 것이 원인으로, 운동선수의 직업병이라고 할 수 있다.

은퇴한 운동선수의 사망 원인 대부분이 심부전이나 심근경색 등의 심장질환이라는 사실이 무척 신경 쓰인다. 남편은 현역 시절에도 때때로 발작을 일으키곤 했다. 숨을 쉴 수 없어 주먹을 쥐고 가슴을 쿵쿵 치던 모습을 봐와서 그런지 걱정은 줄어들지 않는다.

"갑자기 운동을 그만두면 심장에 큰 부담이 갑니다. 빨리 운동을 시작하세요."

정기검진에서 담당의사가 운동을 권유한 이후로 우리는 집 주위를 산책하기 시작했다. 하지만 바로 다리와 허리에 통증이 와서 오래 걸을 수 없었다. 그런 사실을 담당의사에게 상담하자 자전거를 타라고 권유했다.

"경륜 선수였으니까 자전거는 잘 타시죠?"

걸으면 아무래도 왼쪽 다리를 끌게 되어 장시간 걸을 수 없다. 자전거라면 다리로 가는 부담이 줄어 장시간 운동을 할 수 있을 것 같았다. 하지만 지난번에 자전거를 탔을 때 다리에 경련이 일어나 제대로 탈 수 없었다. 과연 다시 자전거를 탈 수 있을까? 사고 당시의 상황이 떠올라 심리적으로 불안해하지는 않을까 하는 걱정도 있었다.

집 계단에 있는 자전거 수납공간에는 로드 레이스용 경량 자전거 두 대와 경주용 자전거 네 대가 보관되어 있다. 사고 당시 탔던 자전거도 그대로 있다. 보통 사고 난 자전거는 재수 없다고 바로 처분해버리는데 남편은 오히려 소중하게 생각했다.

언젠가 내가 그 자전거를 어떻게 하면 좋을지 물었었다.

"사고를 계기로 나는 여러 가지를 배웠어. 사람에 대한 배려를 느꼈고, 우리가 먹는 음식의 소중함과 자연의 소중함도 새삼 느끼게 됐어. 그리고…."

남편은 잠시 말을 멈췄다가 다시 이었다.

"만약 내가 이 자전거라면, 여태껏 열심히 함께해왔는데 한 순간 사고가 났다는 이유로 버려지면 아주 슬플 거야. 아무리 연습해도 좋은 성적이 나오지 않는 자전거도 있는데 이 자전거로는 좋은 성적을 낼 수 있었어. 나랑 궁합이 맞는 자전거야."

그 자전거를 타고 사고가 났음에도 불구하고 남편은 함께 열심히 걸어온 파트너라고 생각하고 있었다.

운동을 쉬면 안 된다는 것도 알고, 다시 자전거를 타고 싶은 마음은 간절하지만 이전에 경련이 일어났던 경험 때문에 남편은 쉽게 결정하지 못했다. 자전거를 타지 못한다는 현실을 다시금 재확인하는 것은 너무 잔인한 일이었다. 그 무렵 경륜 선수 시절의 선배였던 이시이 마사시가 자전거를 타고 놀러와서는 놀라운 제안을 했다.

"미즈키! 널 스카우트하러 왔어. 런던 장애인 올림픽을 목표로 같이 연습하자."

런던 장애인 올림픽은 2012년에 열린다. 이시이는 은퇴 후 장애인 올림픽 출전을 목표로 훈련을 해 2008년에 있었던 북경 올림픽에서 금, 은, 동메달을 땄고 세계기록을 경신했다. 사고를 극복하고 메달을 목에 건 이시이의 모습에 남편도 큰 자극을 받았다.

"나도 이시이 선배처럼 빛나고 싶어. 다시 도전해도 될까?"

그리고 "연습용 롤러를 사도 될까?"라고 물었을 때 나는 웃으

며 고개를 끄덕였다. 경기란 말만 들으면 사고와 부상에 대한 두려움이 머릿속을 스쳐간다. 하지만 반대할 수 없었다. 경륜은 남편의 꿈이니까. 지금은 빵을 굽고 있지만, 빵을 통해 많은 사람들을 기쁘게 하고 있고 자신도 기뻐하고 있지만 경륜은 남편의 인생 그 자체니까. 그리고 내가 그 누구보다 간절하게 남편의 꿈이 이뤄지기를 바라고 있으니까.

아직은 경기를 할 수 있을지 없을지 모르지만 등록이라도 미리 해놔야겠다는 생각에 협회에 선수등록을 했다.

자전거를 타보기로 한 날, 오랜만에 트레이닝복을 입자 남편의 얼굴에 긴장감이 돌면서 금세 선수의 얼굴이 되었다. 처음에는 다리가 페달에 제대로 걸쳐지지 않고 후들거렸지만 잠시 후 페달을 밟고 달리기 시작했다.

이번에는 제발, 이번에는 제발, 이번에는 제발… 전처럼 다리에 경련이 일어나지 않기를 빌고 또 빌었다. 남편이 자전거를 타고 출발한 자리에서 나는 꼼짝도 하지 못하고 남편의 뒷모습을 바라보았다. 남편은 계속해서 내게서 멀어져 갔다. 자전거는 멈추지 않았다. 경련은 일어나지 않았다. 남편은 자전거를 타고 달릴 수 있게 되었다. 다시 내게로 돌아왔을 때 남편은 땀이 흥건한 얼굴로 환하게 웃었다.

나는 집에 오자마자 연습할 때 사용할 롤러를 주문했다. 그런데 고맙게도 도쿠시마에 있는 회사에서 빛나는 은색의 새 롤러를 초스피드로 만들어 보내주었다.

남편은 2010년 연초부터 매일 20분 정도 롤러 위에서 자전거를 타고 있다. 서서히 몸이 적응되면 동기 선수들과 이시이에게 도로에서 하는 연습을 같이 하자고 부탁해볼 생각이다. 다시 '선수 가족으로서의 걱정'을 하게 되었지만 기쁘다*.

빵을 만들고 난 뒤 한가한 오후 시간, 문득 '이 사람 어디 있지?' 하고 찾게 된다. 그렇게 집 안을 다니다 보면 롤러 위에서 열심히 자전거 페달을 밟고 있는 남편의 모습이 눈에 들어온다. 땀을 흘리며 열심히 페달을 밟는 남편의 얼굴은 기쁨으로 넘쳐난다. 그 옆모습은 이미 충분히 빛나고 있다.

---

*안타깝게도, 2012년 런던 장애인 올림픽에 타이라 미즈키는 출전하지 못했다.

언제까지나 둘이 함께

지금도 매달 도쿄에 있는 대학병원으로 전차를 타고 통원치료를 받으러 다닌다. 그 때마다 남편은 극심한 두통으로 항상 얼굴을 찡그린다. 나는 혹시 문자를 보낼 일이 생기면 남편에게서 멀리 떨어진 자리로 간다. 문자를 보내는 동안 발생하는 전자파 때문에 두통이 더 심해지기 때문이다.

병원에서 차례를 기다리는 시간은 늘 길고 지루하다. 그 곳의 공기가 무거워서인지 시간은 더 무겁고 더디게 간다. 하지만 꾸욱 참는다. 기다리지 않을 방법은 없지만 그 시간이 마냥 괴롭지만은 않다. 치료가 끝나면 즐거운 시간이 기다리고 있기 때문이다.

통원치료가 있는 날은 돌아오는 길에 맛있는 점심을 먹는 것이

당연한 일처럼 되어 있다. 지루한 기다림의 시간을 즐거운 점심식사로 보상받는 것이다. 맛있는 식사는 그 자체로 즐거운 일이지만 우리에게는 공부가 되기도 한다. 유명한 빵집이나 소문난 케이크집에 들러 포장을 해올 때도 자주 있다.

남편의 몸 상태가 좋을 때는 좀 더 먼 갓파바시 도구 거리까지 조리도구를 사러 간다. 전문점이 아니면 좀처럼 볼 수 없는 귀한 도구와 멋진 외제 기구들을 볼 때 남편의 눈은 반짝반짝 빛난다. 그 눈빛에 취해 있다 보면 어느 새 내 손에는 조리도구가 가득 들려 있다. 장난감을 바라보는 어린아이 같은 남편의 눈빛 때문에 집까지 어떻게 가지고 갈지에 대한 대책도 없이 구입하는 것이다.

조리도구는 대부분 무거워 그것들을 양손 가득 들고 있다 보면 손과 팔이 아파온다. 남편은 마음에 드는 조리도구를 사서 기분이 좋으면서도 나 혼자 낑낑 대며 짐을 들게 해 미안한 마음이 교차한 얼굴로 내게 묻는다.

"괜찮아?"

"응, 이 정도쯤이야. 검도부에서 내내 호구를 들고 다니던 나야. 안 그래도 운동 부족인데 마침 잘됐지, 뭐."

내가 외출했다가 집에 돌아오면 집 안이 반짝반짝 빛날 때가 있다. 정원에도 전에 없던 앙증맞은 꽃이 심겨져 있다.

"어? 어떻게 된 거지?"

"이제 눈치챘어?"

장난꾸러기처럼 웃는 남편. 나를 기쁘게 해주려고 힘들게 바닥 청소를 하고 꽃은 심은 것이다.

내가 늦게 돌아올 때도 혼자서는 먹기 싫다며 저녁을 먹지 않고 기다린다. 그러다 보니 외출하기 좋아하던 내가 자연스럽게 외출하는 빈도가 줄어들었다.

부부싸움을 하는 일도 별로 없다. 가끔 하긴 하는데, 거의 대부분 서로를 배려하는 과정에서 생긴 오해가 그 원인이다. 그래서 싸우고 난 다음에는 서로에게 감사하는 마음이 더 깊어진다.

"나는 뭐든 이야기할 수 있는 친구 세 명만 있으면 그것으로 만족해."

어느 날 남편이 한 말이다.

"한 사람은 너, 또 한 사람은 야마가쓰."

"나머지 한 사람은?"

"비밀이야."

그러면서 또 장난꾸러기처럼 웃으며 말한다.

"뭐든지 둘이서 함께하는 우리는 일심동체!"

그렇게 말할 때 남편의 얼굴은 세상 무엇보다 화사하다. 그 말을 듣는 내 마음도 세상 무엇보다 화사하다.

이 글을 쓰는 지금, 집 근처의 룻코쿠켄 산의 숲은 긴 겨울을 지나 봄의 분위기를 물씬 풍기고 있다. 조금 더 따뜻해지고 나무에 새싹이 돋고 꽃향기가 피어올 때가 되면 휘파람새들이 아침 일찍부터 울기 시작할 것이다. 그러면 나는 기분 좋게 잠에서 깨어나겠지. 내가 아직은 조금 졸린 눈으로 1층으로 내려가면 휘파람새보다 먼저 일어난 남편이 공방에서 빵을 굽고 있을 것이다. 천사가 오는 순간을 기다리는 모든 사람들을 위해.

반드시, 희망은 있습니다

– 재활치료 중인 분들에게

많은 분들의 재활치료에 도움이 되었으면 하는 바람으로 이 글을 쓴다.

남편의 경우, 재활치료로 점토를 만지는 모습을 보고 '바로 이거다!'라는 생각이 들었고 그것이 '천사의 빵'으로까지 이어지게 되었다. 뇌과학에서는 순서를 기억하며 작업해야 하는 요리야말로 가장 효과적인 재활치료라고 말한다. 손끝을 사용해 뇌를 자극하는 것은 물론 완성해 먹는 기쁨도 누릴 수 있다. 여기에, 누군가가 자신이 만든 것을 먹고 기뻐한다는 사실에 또 다른 기쁨과 보람을 느끼게 된다. 그것이 환자를 지탱해주는 큰 힘이 된다.

그림을 좋아하는 사람은 그림을, 공예를 좋아하는 사람은 작품을 만들어보는 것도 좋을 것 같다. 손을 움직일 수 없다면 입과 눈의 움직임으로 할 수 있는 것을 찾으면 된다. 좋아하는 일이라면 저절로 열심히 하게 된다. 그것이 다른 사람에게도 기쁨을 줄 수 있는 일로 이어지면 즐거움은 더욱 늘어날 것이고, 나아가 직업으로까지 발전한다면 더욱더 살아가는 데 자신감을 얻게 될 것이다. 무엇을 좋아하는지, 어떤 재능이 있는지를 곁에 있는 사람이 발견해준다면 인생은 크게 변화할 것이다.

곁에서 간호하는 사람도 재활치료 중인 환자만큼 힘이 든다. 정신적으로도 환자 못지않게 큰 충격을 받는다. 그러니 지나치지 않게, 또 무리하지 않을 만큼만 잘 지켜보고 환자가 좋아하는 섯, 살 할 수 있는 것을 서두르지 말고 천천히 찾아보기 바란다. 무엇보다 간호하는 사람이 지치지 않는 것이 중요하다. 간호하는 사람이 지치고 힘들어하는 모습을 보이면 아픈 사람은 더 빨리 포기해버리기 때문이다.

남편의 경우, 목표를 설정하는 것이 효과적이었다. 한 가지 목표를 이루고 나면 그다음에는 또 다른 목표를 설정하고 꿈이 현실로 이루어진 것처럼 즐거운 미래를 상상했다. 그러면 가슴이 두근두근 뛰었고 미래에는 즐거운 일이 기다리고 있는 것 같아 절로 기운이 났다. 우리의 경험상 목표와 미래에 대한 즐거운 상상은 희망의 길과 연결되어 있다는 생각이 든다.

자연을 접하는 것도 남편의 재활에 중요한 역할을 했다. 정원에 꽃과 채소를 심어 둘이서 길렀다. 물을 주고 좋은 토양을 만드는 것 같은 작업을 꾸준히 하니 식물들에게 에너지를 얻어서인지 남편은 나날이 밝아졌다.

심리적 장애를 가진 친구들과 캠프를 간 적도 있다. 텐트를 치고 야산에서 놀고 요리를 했더니 남편의 안색이 좋아지고 긍정적으로 변해갔다.

'좋아하는 일, 즐거운 일, 놀이!'

이것이 재활치료의 관건인 것 같다. 몸이 아프고 생활에 대한 불안감이 있을 때는 마음이 우울해진다. 그럴 때 가만히 있으면 고민은 반복되고 더 우울해진다. 그럴 때는 자연을 벗 삼아 살아보는 것이 좋다.

꼭 자연이 아니라도 좋다. 뭐든지 즐겁게 할 수만 있다면 좋은 재활치료가 된다. '내게 살아가는 힘을 주는 것은 무엇일까?'를 생각하면서 주위를 살펴보면 반드시 무엇인가가 발견될 것이다. 미처 눈에 띄지 않았을 뿐 힌트는 일상생활 속에 있다. 혹시 바로 발견되지 않더라도 걱정할 필요는 없다. 매일 하는 집안일도 좋은 재활치료가 될 수 있다.

나와 남편은 집 꾸미는 걸 좋아해서 보통은 귀찮아하는 집안일을 즐거운 공동 작업으로 삼았다. 의욕이 없고 몸이 아파 움직일 수 없는 상황에서도 할 수 있는 것이 무엇일까를 생각했다. 그리고 '이것은 인생의 수양이다. 극복하고 성장하는 것이 중요하다. 이전 생활과 비교해서는 안 된다. 끊임없는 노력 끝엔 반드시 희망의 빛이 있다', 그렇게 믿었다.

사고가 났을 때 '나만이 이 사람을 살릴 수 있다'라고 생각했다. 내가 가진 에너지를 남편에게 나누어주고 싶었다. 그렇게 하자 어느 새 남편과 나는 한마음이 된 것 같다.

사고는 정말 불행한 일이었지만 그 일이 있었기에 둘이서 필사적으로 힘을 보았고, 또 이렇게 빵 만드는 일을 하게 되었다. 몇 번이나 좌절할 뻔했지만 포기하지 않고 전력을 다한 것이 깊은 신뢰를 낳았고 살아가는 바탕(밑거름)이 되었다. 앞으로도 힘든 일이 많을 것이다. 결코 쉽지 않겠지만 둘이 힘을 합쳐 하나하나 극복해가며 열심히 살아갈 것이다.

힘들어하는 사람을 보면 남의 일 같지 않다. 편지나 이메일을 읽으면 눈물이 나기도 하지만, 반대로 힘을 얻을 때도 있다. 아무쪼록 힘들겠지만 빛을 찾아내서 즐기는 것을 잊지 말고 지금 이 순간을 소중히 살아가길 진심으로 바란다.

이 책이 힘든 상황에 놓인 사람들에게 조금이라도 도움이 된다면 더할 나위 없이 기쁠 것이다.

남편과 나는 전국에 계신 분들이 보내주신 편지와 이메일에 용기를 얻어
매일 열심히 빵을 만들고 있다.
빵을 만들 때 나는 자세하고 꼼꼼하게
주문하신 분에 대한 이야기를 남편에게 전한다.
나이는 몇 살인지, 어디에 살며 주문할 때 어떤 내용을 적었는지,
친구 생일 선물인지, 아내에게 주는 결혼기념일 선물인지,
아니면 병마와 싸우고 있는 아버지를 위한 것인지,
사랑하는 사람을 잃은 자신을 위한 것인지….
남편이 이런 말을 한 적이 있다.

"빵은 드실 분을 생각하며 만들고 싶어. 그 분은 어떻게 생겼을까?
어떤 일을 하실까? 이름과 주소 등 여러 가지를 통해 상상해."

그래서 주문할 때부터 빵을 보낼 때까지 손님과 몇 번이고 연락을 주고받을 때도 있다.
우리는 빵을 주문해주시는 분들의 얼굴을 떠올리며 빵과 편지에 마음을 담아 보낸다.
그렇게 전국에 계신 분들과 주고받은 편지는 셀 수 없이 많다.
편지 속에는 빵을 기다리시는 분들의, 빵을 드신 분들의 기쁨과 감동이 있다.
그리고 때로는 슬픔과 괴로움이 담겨 있다.
모든 사연을 소개하고 싶지만 여기서는 몇몇 분들의 사연만 소개한다.

부록

행복이 배달되었습니다

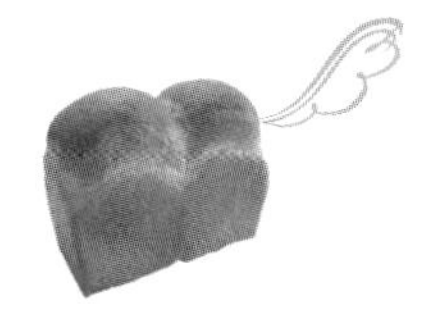

"천사의 빵을 먹고 유방암과 싸워 이길 용기를 얻었어요"

안녕하세요! 저는 56회째 생일날에 천사의 빵을 받은 행복한 사람입니다.

딸이 TV에서 타이라 씨의 이야기를 보고서는 최근 몸이 안 좋아 누워 있을 때가 많은 나에게 힘을 주려고 몰래 천사의 빵을 주문한 것 같습니다. 저는 2005년 10월에 유방암 수술을 받고 현재 치료 중이거든요.

치료 기간이 길어지면 항상 밝고 건강한 모습을 유지하는 것은 어렵습니다. 긍정적인 마음을 가져야 한다는 걸 알고 있지만요.

– 중략 –

천사의 빵을 먹고 나도 모르게 용기를 얻어 옛날부터 꿈꿔왔던 수영(자유형) 연습을 시작해야겠다고 마음먹었습니다. 체력 기르기를 겸한 삶의 목표로 삼아 열심히 해볼 생각입니다.

정말 감사합니다.

타이라 씨 그리고 사모님, 항상 건강하게 지내시길 바랍니다.

"외로웠던 아버지의 마음이 따뜻해졌어요"

아침에 아버지께 빵이 도착했습니다.

정성이 담긴 편지까지 함께 보내주셔서 아버지께서 무척 기뻐하셨습니다. 평상시에는 이메일을 보내도 답을 하지 않던 분이 스무 줄이나 되는 이메일을 보내셨어요(^^) 은거의 몸으로 배려해주는 사람이 없던 터라 더욱더 마음이 들뜨셨던 것 같습니다.

한순간만이라도 아버지의 마음을 따뜻하게 해주신 것에 대해서 진심으로 감사드립니다.

아버지가 저를 위해서 '냉동실에 넣어둘게'라고 하셨습니다. 저의 즐거움도 늘었습니다.

열심히 살아가면 하느님이 선물을 주신다는 것을 재확인한 아침이었습니다. 정말 감사드립니다.

"모양은 소박한데 자꾸 먹고 싶어져요"

빵이 배달되자마자 바로 먹었습니다. 배달된 시간이 저녁을 먹은 다음이었는데도 나와 언니, 엄마 셋이서 빵 냄새에 끌려 한입씩 나눠 먹었어요.

은은히 달고 부드러워 식후였음에도 자꾸만 손이 가네요. 아무것도 발라져 있지 않은데도 계속 먹고 싶어지는 이 빵은 빵으로서 정말 행복할 것 같습니다.

무엇보다 빵의 결이 섬세하고 촘촘하다는 것에 놀랐습니다. 먹기 전에도, 먹고 있을 때도, 먹은 후에도, 이렇게 온화한 기분이 드는 식빵은 처음입니다.

흔히 요리에는 만드는 사람의 마음이 담긴다고 하는데, 이 빵이 바로 그런 빵인 것 같습니다.

- 중략 -

병원에 입원 중인 아버지께도 천사의 빵을 가져다 드렸더니 "이 빵 참 맛있네" 하시며 전부 다 드셨습니다.

여담입니다만, 그 후 아버지도 회복하시고 얼마 전에 무사히 퇴원하셨습니다. 아직 완전히 나은 건 아니어서 재활치료와 통원치료를 받고 계시지만 현재 점포를 리모델링하는 등 작은 빵집에서부터 다시 출발하기 위한 준비로 하루하루를 바쁘게 보내고 계십니다.

저도 아버지의 제빵 사업을 이어받아 작고 소박하지만 많은 사람들에게 사랑받을 수 있는 가게를 만들고 싶습니다. 그 외에도 여러 가지로 가게의 미래를 상상하는 저만의 꿈은 날이 갈수록 커지고 있습니다. 꿈을 가지고 산다는 것은 소중한 것이겠죠.

마지막으로, 신장개업을 앞두고 바쁜 나날을 보내다 보니 답장이 늦어져 죄송하다는 말씀을 드립니다. 그리고 미즈키 씨와 후사코 씨의 건강 상태도 생각하지 않고 주문하고만 것을 죄송하게 생각합니다. 아무쪼록 건강만은 꼭 챙기시기 바랍니다.

그럼, 앞으로도 많은 사람들에게 사랑을 전해주세요. 저도 앞으로 최선을 다하며 살겠습니다.

“입원을 앞둔 부인에게 희망이 되었습니다”

일전에는 정말 감사했습니다.

실은 집사람이 1년 전부터 몸이 좋지 않았습니다. 이번 주엔 병원에 입원할 예정입니다(병실 자리가 나기를 기다리는 중입니다).

몸 상태가 좋지 않아 자주 우울해하기에 좋아하는 빵이라도 사주고 싶어 주문한 것이 천사의 빵입니다.

아내의 생일날 빵을 받게 해주셔서 정말 감사드립니다.

말로는 다 표현하지 못할 만큼 감사하고 있습니다.

"어머니를 잃은 상실감을 달래고 살아갈 힘을 얻었어요"

첫 번째 편지

한시라도 빨리 고맙다는 인사를 드리고 싶어 이메일을 보냅니다. 기다리고 계시는 분이 많을 텐데 저희 어머니를 위해서 1월 1일 설날에 빵을 배달해주신 타이라 씨의 자상한 마음 씀씀이에 눈물이 났습니다. 너무너무 감사합니다.

실은 2009년 11월 13일 어머니는 하늘나라로 가셨습니다. 간호사였던 분이라 그런지 1년 2개월의 투병생활 속에서도 한 번도 약한 소리를 하지 않으시고 밝게 행동하시던 어머니셨습니다.

– 중략 –

저는 지금 임신 8개월로, 어머니는 이번 봄에 첫 손자가 태어나는 것을 누구보다도 기다리셨습니다.

당신의 몸에 암이 진행 중이어서 입맛도 없었을 텐데 딸인 저를 생각해 열심히 제가 좋아하는 것을 만들어주셨습니다.

그중에 치즈케이크가 있었습니다. 제가 맛있다고 칭찬하자 매일같이 만들어주셨습니다. 하지만 몸 상태가 악화되면서 치즈케이크를 만드는 일이 여의치 않았습니다.

타이라 씨의 '천사의 케이크'를 어머니께 드리고 싶었던 것은 타이라 씨가 재기에 성공한 생명력을 어머니께서 전달받을 수 있을 것 같아서였습니다.

유감스럽게도 어머니께서는 못 드셨습니다. 하지만 놀랍게도 어머니가 만든 치즈케이크와 타이라 씨가 만든 '천사의 케이크'는 같은 맛이 났습니다. 애정이 듬뿍 담겨 있음이 느껴졌습니다. 어머니가 천사가 되어 저를 격려해주는 것 같아 마음이 따뜻해졌습니다.

타이라 씨가 만든 케이크는 그야말로 '천사의 케이크'입니다. 제가 살아가는 힘을 얻었습니다.

어머니와 함께 타이라 씨에게 감사드립니다.

그리고 저는 어머니의 생일이기도 한 설날에 혼인신고를 했습니다. 매년 1월 1일에 축하 파티를 열고 싶습니다. 그래서, 괜찮으시면 매년 설날에 치즈케이크를 보내주시면 감사하겠습니다. 무리한 부탁을 드려서 죄송합니다.

타이라 씨의 답장을 기다리겠습니다.

두 번째 편지

곧바로 답장을 드리고 싶었는데 이사를 하고의 어머니 유품을 정리하느라 바쁜 나날을 보냈습니다.

타이라 씨의 답장과 배려에 눈물이 납니다.

뱃속의 아기는 매우 건강해서 배가 아플 정도로 활발하게 움직입니다. 이름도 지었습니다.

어머니의 유품을 정리하다가 수첩 한 권을 발견했습니다. 수첩에는 그날그날의 몸 상태와 기뻤던 일, 문병 와준 분들의 이름이 적혀 있었습니다. 간호사를 하던 어머니다운 내용이었습니다.

글씨만 봐도 어머니의 건강 상태의 변화를 알 수 있는 날도 있었습니다. 글자가 흐트러진 날도 있고 또박또박 쓴 날도 있어 '그날도 사실은 괴로웠었구나…' 하고 미처 알지 못했던 일들을 처음으로 알 수 있었습니다. '어머니 죄송해요. 그리고 감사해요'라는 생각이 새삼스럽게 들었습니다.

그 일기 속에 태어날 아기 이름이 몇 개 적혀 있었습니다. 내가 "이름을 생각해놔, 한가할 때"라고 했더니 아기 이름을 생각하고 적어두셨었나 봅니다.

- 중략 -

어머니가 생각하고 있던 이름이 '리쿠'입니다.

어떤 생각으로 그 이름을 지으셨는지 리쿠와 함께 그 답을 찾을 생각입니다.

한자는 아직 생각한 것이 없지만 '쿠'자는 어머니가 '천사가 되어 하늘에 있다'는 의미로 '空'으로 할 생각입니다.

“지병이 있는 딸에게 용기가 됐어요”

첫 번째 편지

딸아이가 “이 빵 먹으면 병이 나을 것 같아”라고 합니다.

딸아이는 지병이 있어 매일 약을 먹고 있습니다.

딸아이가 “미즈키 오빠처럼 건강해지고 싶어”라고 해서 주문합니다.

딸아이에게는 “언제 배달될지 모른다”고 해뒀고, 느긋하게 기다리고 있습니다.

몸 상태를 생각하셔서, 너무 무리하지 마세요.

천천히 기다릴게요.

두 번째 편지

빵이 배달된 다음날에 마침 딸아이의 마라톤 대회가 있었습니다.

여태까지 천식 때문에 마라톤 완주는커녕 대회에 참가조차 할 수 없었습니다.

그런데 마라톤 대회날 아침에 천사의 빵을 먹은 딸아이가 “오빠한테서 힘을 얻었으니까 마라톤 대회에 참가하고 싶어”라고 했습니다. 그래서 학교에 가서 선생님과 의논해보라고 했습니다.

말은 그렇게 했지만 큰 걱정이었습니다. ‘참가 못 했겠지’라고 생각하며 대회를 보러 학교에 갔는데, 세상에! 딸아이가 달리고 있었습니다. 그것도 중간에 걷지도 않고 완주했습니다.

딸아이에게 이렇게 용기를 준 것은 여태껏 없었습니다. 마즈키 씨의 빵이 기적을 일으킨 것입니다. 딸아이는 "'걷고 싶었는데 힘내라!' 라는 오빠 목소리가 들려서 마지막까지 달릴 수 있었어"라고 말했습니다.

저는 다른 사람들의 시선은 신경 쓰지 않고 딸을 안고 울어버렸습니다. "앞으로 다시 치료를 받게 되겠지만 꼭 이겨낼 거야"라고 딸아이가 씩씩하게 얘기했습니다.

정말로 감사합니다.

세 번째 편지

주변에 신종플루가 유행하고 있는데 딸아이는 감염되지 않고 건강하게 잘 지내고 있습니다.

의사 선생님도 놀랄 정도로, 그 날 이후로는 몸 상태가 크게 안 좋아지는 날 없이 지냈습니다. 지난 체육시간에는 뜀틀을 뛰어넘었다며 기뻐했습니다.

"오늘은 뜀틀을 뛰었어! 무서웠지만 빵 굽는 오빠가 응원해줘서 열심히 할 수 있었어."

열심히 할 때는 반드시 '빵 굽는 오빠'가 등장합니다.

앞으로도 날씨가 계속 추울 텐데 건강 조심하시고

맛있는 빵 계속 만들어주세요.

나에게 빵을 굽는다는 것은

– 타이라 미즈키가 여러분에게

만약 아내가 없었다면 어땠을까요? 아마 저는 평생을 침대 위에서 살아야 했을 것입니다. 두 다리로 걸을 수도, 이렇게 빵을 구울 수도 없었을 겁니다.

만약 아내가 없었다면 아무런 목표도 가질 수 없었을 것이고, 무엇을 위해 살아 있는지도 알 수 없어 길을 헤매거나 깊은 마음의 병을 앓았을 겁니다. 그래서 아내에게 진심으로 감사하고 있습니다. 물론 여러분께도 감사드립니다.

저와 같은 시련을 겪은 분이 계신다면 좌절하고 세상과는 동떨어진 곳에 숨기보다는 '난 무엇을 할 수 있을까'를 열심히 고민하고 우선 내가 해서 즐거운 일을 찾아보고 그 일을 해보는 것이 중요할 것 같습니다. 그러면 주위 사람들이 나 자신도 모르고 있던 나의 재능을 발견해줄지도 모릅니다.

저는 빵을 좋아해서 빵을 만들게 되었습니다. 경륜 선수 생활은 도중에 끝나버렸지만 빵 굽는 일을 새로운 목표로 삼았습니다. 제가 맛있다고 생각하는 빵을 만들어 그 빵을 함께 나누어 먹고 싶었습니다.

사실, 많이 불안했습니다. 하지만 스스로를 믿고 아내를 믿으며 걸어왔습니다. 그러다 보니 자연스럽게 공방에 서 있는 저를 발견하게 되었습니다.

빵은 제 삶의 보람입니다. 제가 만든 빵을 기다리는 사람이 있고 기뻐해주는 사람이 있다는 사실, 그것이 제 삶의 힘이자 원동력입니다.

행복한 나날들

– 우사미 후사코가 한국 독자들에게

우리의 이야기가 바다 건너 한국에 전해지게 되어 참으로 기쁩니다.

'내가 만든 빵으로 사람들을 기쁘게 해주고 싶다'는 미즈키(남편)의 마음이 빵을 통해 사람에게서 사람으로 전달되고 있는 것처럼 이 책이 많은 한국 독자들의 마음에 행복과 긍정의 에너지를 전할 수 있다면 더없이 기쁘겠습니다.

작년(2011년) 크리스마스 이브에 제 뱃속에 작은 생명이 있는 것을 알았습니다. '우리에게도 아기가 있었으면' 하고 밤하늘을 보면서 소원을 빌고 있을 때 별똥별이 떨어진 적이 있는데, 그 때 작은 생명이 저에게 왔나 봅니다. 그리고 올해 8월 우리 곁에 귀여운 아기 천사가 찾아왔습니다. 아기 천사에게 우리는 '류우세이'라

ⓒ키무라 요우코

는 이름을 선물했습니다. 마흔한 살에 엄마가 된 저는 또 하나의 소원을 이룬 것입니다.

미즈키가 있어서, 류우세이가 있어서, 그리고 천사의 빵과 천사의 빵을 사랑해주는 분들이 있어서 저 후사코는 아주 행복합니다.

마지막으로, 우리의 책을 우연히 서점에서 발견해 '한국 독자들에게도 꼭 알리고 싶다'며 번역을 제의해준 이정훈 작가에게 고맙다는 인사를 전합니다.

우리도 이들처럼

– 옮긴이의 글

모든 것에는 인연이라는 것이 있나 보다.

2년쯤 전, 찬바람이 살살 불어오는 늦가을 즈음 서울 광화문 사거리에 있는 교보문고 일서 코너에서 책을 훑어보다가 이 책을 손에 들게 되었다.

'빵을 세 시간에 하나만 만든다? 무슨 빵이기에 사람들은 몇 년씩 기다릴까?'

단순한 호기심으로 시작된 독서는 예상치 못한 감동을 안겨주었다.

책을 읽고 저자의 홈페이지에 얼른 접속을 해보았다. 식빵을 비롯해 보기만 해도 군침이 도는 케이크들이 소개되어 있었고, 미즈키 씨와 후사코 씨의 모습이 참으로 행복하게 실려 있었다. 게다가 이들의 이야기는 요미우리 신문에 게재된 것을 계기로 일본에서 이미 많은 분들에게 알려져 있었다. 또한 역경을 딛고 제빵사로서의 삶을 새롭게 살아가는 그의 이야기는 모두에게 희망이 되고 있었다.

이 책이 만들어지는 동안 이메일로 이들 부부와 적지 않은 이야기를 나누었다. 그들은 참으로 정감이 넘쳤다. 하루 24시간이 모자랄 만큼 바쁜데도 내가 보내는 사소한 질문과 요구에도 아주 친절히 응대해주었다. 가장 인상 깊었던 것은 자연을 사랑하고 생명을 소중히 하는 그들의 마음이다. 정원에는 항상 두 부부가 가꾼 예쁜 꽃들로 가득한데, 꽃이나 자연이 이 부부에게 무한한 힘을 주고 있는 것 같았다. 이러한 마음이 진정한 사랑을 세상에 전파하고 있는 것처럼 느껴졌다.

그들에게 최근 세상에서 가장 기쁜 일이 생겼다. 2012년 8월, 아기 천사가 찾아온 것이다. 아기의 이름은 류우세이. 너무나도 기적 같은 일이다. 태어나는 순간까지 거꾸로 있어 제왕절개를 했는데, 류우세이가 세상에 나와 첫 울음을 터뜨리는 순간 후사코 씨의 눈에서는 감사의 눈물이 흘러내렸다고 한다. 상상하는 것만으로도 감동이 밀려온다.

아기를 키우느라 이들 부부의 요즘은 그 전보다 더 바쁘다.

주문도 늘어나서 9년을 기다려야 빵을 받을 수 있다.

하지만 사람들은 여전히 이들의 이야기에서, 천사의 빵에서 희망을 얻고 살아갈 용기를 받는다.

모두에게 희망과 사랑을 심어주는 빵.

천사의 빵을 만드는 미즈키 씨 뒤에는 항상 아내 후사코 씨가 있다.

남편이 건강해지고 꿈을 잃지 않게 하기 위해 온 정성을 기울이는 아내와, 그런 아내에게 아낌없이 고마워하는 남편의 모습에 가슴이 따뜻해진다.

그가 정성스럽게 만든 빵은 먹는 사람에게 희망과 용기를 주고, 빵을 먹은 사람들의 편지는 그와 아내에게 희망과 감사를 주는 선(善)순환에서 '긍정은 긍정을 낳고 감사는 감사를 낳고 희망은 희망을 낳는다'는 사실을 재확인하게 된다.

허기진 사람들의 마음을 희망과 용기, 기쁨으로 꽉 채워주는 행복한 빵 이야기를 여러분에게 전할 수 있어 번역하는 내내 마음이 따뜻하고 행복했다. 이들의 이야기가 많은 일본인에게 희망을 안겨주었듯 한국 독자들에게도 희망을 안겨줄 수 있으면 더할 수 없이 기쁘겠다.

이정훈

옮긴이 _ 이정훈

1978년생. 이와테 대학교, 도호쿠 대학교 대학원에서 일본어를 전공했다.
마음이 따뜻해지는 이야기를 좋아하며, 일본어를 한국어로 옮기는 일에 보람을 느낀다.
8년간 일본에서 생활한 경험을 바탕으로 현재는 통역과 번역을 하고 있다.

행복을 나르는 천사의 빵

초판 1쇄 인쇄 | 2012년 12월 10일
초판 1쇄 발행 | 2012년 12월 17일

지은이 | 우사미 후사코
옮긴이 | 이정훈
펴낸이 | 강효림

편 집 | 곽도경
북디자인 | 채지연
마케팅 | 김용우

종 이 | 화인페이퍼
인 쇄 | 한영문화사

펴낸곳 | 도서출판 전나무숲 檜林
출판등록 | 1994년 7월 15일 · 제10-1008호
주 소 | 121-230 서울시 마포구 망원동 435-15 2층
전 화 | 02-322-7128
팩 스 | 02-325-0944
홈페이지 | www.firforest.co.kr
이메일 | forest@firforest.co.kr

ISBN | 978-89-97484-14-0 (03830)

* 값은 뒤표지에 있습니다.

인간의 건강한 삶과 문화를 한 권의 책에 담는다!

안효주, 손끝으로 세상과 소통하다

한국의 'Mr. 초밥왕'으로 불리는 초밥 장인 안효주의 20년 초밥 인생과 풍부한 요리 경험을 담은 요리 에세이. 오직 최고의 초밥을 만드는 데 진력해온 대가 안효주 선생의 감칠맛나는 초밥 이야기와 문화로서의 초밥을 제대로 즐기는 법을 맛있게 담았다.

안효주 지음 | 280쪽 | 값 12,000원

두부 한 모 경영

작은 두부가게로 시작하여 연매출 8억 엔의 중견기업으로 키워 두부업계 최초로 도쿄증시 마더스에 상장시킨 '다루미 시게루'의 경영 전략을 담은 책. 저자의 생생한 체험담과 함께 현장에서 터득한 52가지 경영 마케팅 노하우와 기업경영의 원리를 차근차근 정리해놓았다.

다루미 시게루 지음 | 이동희 옮김 | 226쪽 | 값 11,000원

나답게 살아가기

급속도로 변해가는 이 시대에 행복의 기본기를 다져주는 실용적 자기계발서다. 우리가 무의식 속에 가둬두고 전혀 꺼내보지 않았던 인생법칙은 물론, '자기 중심'을 잡아주고 성공에 힘을 실어주는 법까지 잠재의식을 이해하고 활용하는 방법을 간단하고도 쉬운 필체로 설명한다.

다나다 가츠히코 지음 | 성백희 옮김 | 224쪽 | 값 12,000원

나를 찾아가는 감성치유

불안하고 우울한 시대를 살아가는 현대인을 위한 감성 회복 실전서. 감성이 무엇인지, 왜 감성치유가 필요한지, 감성을 치유하고 감성의 힘을 회복하기 위해서는 어떻게 해야 하는지를 구체적으로 제시. 이 책에서 제시한 감성치유의 모든 과정이 끝났을 때 마음이 한결 가벼워지고 삶에 대한 새로운 의욕이 생기는 것을 경험할 수 있다.

강윤희 지음 | 민경숙 그림 | 212쪽 | 값 13,000원

나는 왜 상처받는 관계만 되풀이하는가

왜 우리는 연인, 친구, 상사와 부하, 부부관계에서 상처받는 관계를 맺게 되는가? 5가지 피해자 덫을 통해 우리가 어떻게 상처를 받고 그 상처를 어떻게 치유해야 하는지의 과정을 쉽게 설명하면서 피해자 덫에서 빠져나올 수 있는 방법을 사례를 통해 알려준다.

카르멘 R. 베리, 마크 W. 베이커 지음 | 이상원 옮김 | 236쪽 | 값 13,000원

내가 말하는 진심 내가 모르는 본심

문제 없이 잘사는 것 같은데 왠지 늘 마음 한쪽이 허전하고, 삶이 정체된 것만 같고, 뭔가 부족한 것만 같다. "무언가가 내 행복을 훼방놓는 건 아닐까?" 하는 의심까지 한다. 왜일까? 그리고 늘 뭔가를 갈망하는 이유는 뭘까? 이 책은 방어기제 뒤에 숨은 자신의 '진짜 마음'을 보게 함으로써 온전한 행복을 느끼게 해준다.

매릴린 케이건, 닐 아인번드 지음 | 서영조 옮김 | 292쪽 | 값 14,800원